KB077326

백수로 살고 있는 막내아들이 저자가 된 모습을

끝내 보지 못하고 떠나신 아버지께…

코로나 시대 백수의 사회학

백수가
과로에
시달리는
이유

2021년 1월 4일 제1판 제1쇄 발행

지은이   채희태
그린이   소현우
펴낸이   강봉구

펴낸곳   작은숲출판사
등록번호   제406-2013-000081호
주소   413-120 경기도 파주시 신촌로 21-30(신촌동)
전화   070-4067-8560
팩스   0505-499-8560

홈페이지   http://cafe.daum.net/littlef2010
이메일   littlef2010@daum.net

ⓒ채희태

ISBN 979-11-6035-101-9   03810

백수가
과로에
시달리는
이유

코로나 시대, 백수의 사회학

채희태 글 / 소현우 그림

작은숲

백수를 통한 '사회학적 당대 진단 Soziologische Gegenwartsdiagnose'

전상진 서강대 사회학과 교수, 『음모론의 시대』, 『세대 게임』 저자

아무도 궁금해 하지 않고 그 누구도 묻지 않지만 필히 말씀드려야 합니다. 저는 사회학적 당대 진단, 줄여서 사회 진단에 관심이 큽니다. 사회학은 탐구 대상에 따라 나뉘기도 하지만(가령 경제를 주된 탐구 대상으로 하는 경제사회학, 같은 방식으로 정치사회학, 교육사회학, 문화사회학 기타 등등), 과학으로서 사회학은 그 강조점에 따라 세 장르로 구별됩니다. 첫째, 이론과 개념, 둘째 현실을 객관적으로 측정하는 방법과 방법론, 마지막으로 사회 진단입니다.

사회 과학으로서 사회학은 나름의 고유한 이론과 개념을 구비해야 합니다. 그것은 골방에 앉아 그냥 곰곰 생각해서 세상에 나오지 않습니다. 무엇보다 현실에서 테스트되어야만 합니다. 현실을 객관적으로 측정하고 다루는 방법과 방법론의 도움으로 이론과 개념은 사회학적 신뢰성과 타당성을 지니게 되죠. 반대로 현실의 측정은 이론과 개념의 도움을 전제로 합니다. '빅데이터'나 통계 프로그램이나 녹음기나 비디오카메라와 같은 장비만으로 현실이 측정되는 건 아닙니다. 그것을 위해서는 이론적 검토가 필요하고 개념을 가다듬고 동료 연구자들이 동의할 수 있는 연구 문제나 가설이 마련되어야 합니다. 말하자면 이론과 방법론은 '함께' 사회학이라는 학문의 내용과 외관을 만들어 갑니다.

다만 현대 사회에서 하나의 과학이 존재하기 위해서는 전문 연구자 이외의 다른 청중이 필요합니다. 이를테면 연구비가 있어야 연구를 하겠죠. 기자나 피디가 사회학자의 전문적 식견을 인정해야 하겠죠. 학교에 학과가 있어야 연구자에게 안정적인 직장이 제공되겠죠. 또 학생과 학부모가 그 학문에 관심을 가져야 "후속 세대 양성" 또는 "인적 재생산"이 가능하겠죠. 사회학적 당대 진단의 독특한 업무가 그에 있습니다. 대학과 연구 공동체 밖 청중들의 주목과 관심을 얻는 일! 그래야 연구비를 지원받고 언론이 사회학의 식견을 존중하고 학교에서 사회학을 가르치고 그에 관심을 갖는 후속 세대들이 생깁니다.

말하자면 사회 진단은 사회학의 '삐끼'입니다. 젊은 학생이나 일반 청중이나 정책 결정자나 언론에 도움을 주어 사회학이라는 학문의 존재가 필요하다는 점을 널리 알리는 역할을 수행합니다. 구체적으로 사회 진단은 복잡하고 불확실한 현대 사회를 살아가는 모든 시민들에게 세상이 이러하므로 그에 대비하는 데 필요한 나름의 준비를 '단디'하라는 조언과 경고와 지침을 제공합니다.

너무 장황했네요. 하지만 그럴 수밖에 없습니다. 왜냐하면 사회 진단이라는 생소한 용어가 채희태 작가의 책을 이해하는 데 필요하기 때문입니다. 『백수가 과로에 시달리는 이유』가 전형적인 사회학적

당대 진단이기 때문입니다. 책이 사회학자들을 많이 다루지 않고 소개된 소수의 사회학자에 제가 속한다는 점이 송구하네요 사회학의 연구 결과를 충분히 소개하지 않지만 그것은 분명 사회 진단입니다.

채 작가는 백수를 입구로 삼아 우리가 살아내야만 하는 괴물과도 같은 현대 사회의 비밀을 우리에게 소개합니다. 채 작가가 그려 내는 현대 사회가 불안과 공포의 대상만도 아니죠. 책은 현대 사회에 숨겨진 보물을 안내하는 지도 역할도 합니다. 요컨대 책은 당대 사회에 대한 진단이자 더 나은 미래를 일구기 위해 필요한 보물 지도 역할을 한다는 의미에서 전적으로 사회진단서書입니다!

사회학적 진단은 여러 모습을 지닐 수 있습니다. 그러나 유용한 진단이 되기 위해선 다음의 세 요소를 꼭 지녀야 한다고 생각합니다. 첫째, 사회 변화가 사람들의 삶에 어떤 영향을 미치는지를 묘사합니다. 둘째, 그에 대해 사람들이 어떤 방식으로 대처하는지를 두루 살핍니다. 셋째, 사회 변화에 대한 개인들의 응전應戰의 명암을 밝히고 진단가 자신의 기준에 따라 평가합니다. 채희태 작가의 책도 사회 진단의 세 요소를 담고 있습니다.

채 작가는 프리랜서, 곧 백수인 자신이 과로에 시달리는 까닭을 밝히면서 책을 시작합니다. 기실 백수가 과로에 시달릴 일은 없겠죠. 그럼에도 백수라는 "삶의 형식(루트비히 비트겐슈타인)"이 초래한 고단함을 능청스레 토로합니다. 이것이 사회 진단의 출발점입니다. 앞서 말한 "유용한 진단의 첫 번째 요소"로서 세상의 변화에 따라 자신의 사정이 어떻게 바뀌었는지를 보여 주는 거죠.

이를 통해 작가가 말하려는 건 이겁니다. "백수라는 삶의 형식이 주변의 비난이나 눈총을 받아서는 안 된다. 당사자의 잘못이나 책임이 아니라 변화된 사회 구조의 자연스런 결과물일 수 있기 때문이다." 채 작가가 주목하는 사회 변화는 "고성장 시대"에서 "저성장 시대"로 변했다는 것입니다. 고성장 시대에는 전반적으로 가난했을망정 일자리가 많았지만 저성장 시대에는 상대적으로 부유해졌지만 일자리가 감소되었다는 거죠. 그런 구조적인 원인에 따라 백수가 "정상적이고 평균적인 인간이 거칠 수밖에 없는 경력의 한 단계가 되었다"는 겁니다.

백수라는 삶의 형식은 이제 예외적인 상황이 아니게 되었습니다. 그럼에도 "현재 경제 활동을 하고 있지 않고, 언제 경제 활동을 하게 될지 불확실하여 막막한 상태에 처한 사람"을 일컫는 백수에 깃든 부정적인 낙인은 여전합니다. 게으름뱅이, 무능력자, 백해무익한 존재, 그래 '기생충'이라는 낙인 말이죠. 백수 당사자의 탓이 아니라 사회 구조가 변화했기 때문에 나타날 수밖에 없는 현상임에도 부정적인 낙인은 여전하다는 거죠.

채 작가는 당당히 외칩니다. "4차 산업 혁명을 통해 새로운 시대로 치닫고 있는 현실 속에서 새로운 백수의 시대적 쓸모를 끄집어내는" 작업이 필요하다. 저는 이러한 외침이 유용한 진단의 두 번째 요소라고 생각합니다. 사회 변화에 대해 독특한 방식으로 대처하는 방도이기 때문입니다. 부정적인 낙인에 압도되어 자신의 쓸모없음에 낙심하고 위축되는 대신에 백수라는 삶의 형식을 변화된 사회 구조

에 맞게 능동적으로 조정하려는 노력이죠. 그래서 작가는 "백수에 대한 새로운 정의"를 시도합니다. 백수는 "사회 구조의 변화로 인해 경제 활동에서 배제된 사람"일 뿐이다. 누구든 언제나 백수가 될 수 있으며 소수가 아니라 다수가 그럴 것이다. 주변의 눈총에 위축되지 말고 "기존의 질서에서 벗어난 새로운 표준을 찾는 뉴노멀의 시대"임을 자각하여 "새로운 백수의 시대적 쓸모를 끄집어내고" 키우고 가다듬어 세상에 널리 알리자.

새로운 백수의 시대적 쓸모를 찾고 가꾸는 건 유용한 진단의 세 번째 요소입니다. 바로 사회 변화에 대한 개인들의 응전인 거죠. 물론 채 작가는 그러한 개인의 응전의 밝은 면에 집중합니다. 어쩔 수 없는 전략적 선택일 겁니다. 백수라는 부정적 낙인이 지닌 "상징적 폭력(피에르 부르디외)"이 대단하기 때문이겠죠. 도대체 쓸모가 없다는 개인적인 치욕에 더해서 '쓰레기'라는 사회 전체가 가하는 몰인정의 폭력적 힘을 우리는 절대 무시할 수 없습니다. 그래서 사회진단가 채희태는 저와 같은 '비백수', 안정적이고 안락한 상아탑의 제도가 양식養殖한 사회진단가보다 더 선명하고 실용적인 입장을 취합니다.

"새로운 백수(되기)"는 사회 변화에 대한 개인의 '실존적' 응전이기에 그것의 암暗보다는 명明을 강조해야 하며, 더 나아가 삶의 실제 맥락에서 바로 쓰일 수 있는 실용성을 갖춰야 합니다. 책의 마지막이 "슬기로운 백수 생활을 위한 백수 10계명"인 이유가 여기에 있습니다. '고상한' 사회학자는 아마 이렇게 말할 겁니다. "흠~ 역시 자기계발서인 건가?" 고상하지 못한 저는 그렇게 생각하지 않습니다.

막스 베버의 말을 패러디해서 표현하면, 저는 문학적 '음치'입니다. 특히 시를 읽어 낼 리터러시를 갖추지 못했습니다. 그렇지만 베르톨트 브레히트의 '얼치기 덕후'입니다. 특히 브레히트가 1920년대에 썼던 '사용시^{Gebrauchslyrik}'를 좋아합니다. 그는 뚜렷한 목적성을 가지고 시를 썼습니다. 상품에 딸린 '사용 설명서^{Gebrauchsanweisung}'처럼 자신이 쓴 시가 "독자의 삶에 사용"되기를 바랐습니다. 패전의 후유증이 극에 달하고 나치의 야만이 움트려는 바로 그 시절에 시민들이 "나름의 준비를 단디"하는 데 도움을 주려는 것이었죠. 사회진단가 채희태 역시 마찬가지일 겁니다. 그러니까 "백수 10계명"은 새로운 시대에 걸맞은 새로운 삶의 형식의 사용 설명서인 셈이죠.

『백수가 과로에 시달리는 이유』의 '삐끼'로 참여하게 되어 감사하네요. 글을 쓰기 위해 다른 독자들보다 먼저 책을 읽으면서 확인할 수 있었습니다. 삶의 현장에서의 풍부한 체험, 작가로서의 노련한 솜씨, 사회진단가로서의 빼어난 혜안이 채희태 작가의 노래와 기타 솜씨보다 월등히 탁월합니다.

백수는 백해무익한가?

운7복3^{運七福三}의 시대

운7기3^{運七技三}이라는 말이 있다. 인생은 운이 7할이고, 타고난 재능이나 노력이 3할의 영향을 미친다는 의미다. 인간이 자연의 섭리를 미처 깨닫지 못했던 시절에는 우연에 지배를 받았다. 계절이 바뀌고, 천둥 번개가 치는 자연의 섭리에 인간이 개입할 여지는 많지 않았다. 중국 명나라 말에 태어난 포송령은 그래도 인생의 3할은 노력이 결정한다며, 『요재지이^{聊齋志異}』라는 책을 통해 운7기3에 관한 일화를 소개했다. 만약 자기계발서의 역사를 따진다면 그 최초는 아마도 『요재지이』가 차지하지 않을까?

인간이 자연의 숨겨진 질서인 프렉탈의 규칙에 다가가고, 눈에 보이지도 않는 분자와 원자의 존재를 알아낸 후, 지금은 나노의 세계를 향해 나아가고 있지만, 7할이나 차지했던 우연의 영역은 좀처럼 줄어들지 않고 있다, 아니 오히려 인간의 능력이 마이크로^{micro}에 접근할수록, 인간이 사는 세상은 감당할 수 없을 정도로 매크로^{macro}해지고 있다. 나는 2015년 사회에 대한 호기심에 뒤늦게 사회학도가 되었지만, 한 편의 논문을 쓰고 난 후 세상에 대한 이해가 아니라, 나 자신의 무지를 깨달았을 뿐이다. 근대 인류 또한 필연의 영역을 3할에서 5할로, 5할에서 7할로, 나아가 우연의 영역을 완전히 정복하기 위해 문명을 개척해 왔지만 그러한 인류의 노력은 결과적으로 운과 기, 필연과 우연, 노력과 성공이 서로 완벽하게 분리된 운7복3^{運七福三}의 시대를 만들었다. 대한민국이라는 거대한 음모 집단의 내부 고발자, 윤태호 원작의 영화 <내부자들>에서는 운7복3의 시대를 이렇게 표현했다.

"그러게 잘하지 그랬어, 아님 잘 좀 태어나던가……."

백수의 항변

청년 실업과 백수의 증가가 과연 개인의 문제일까? 4차 산업 혁명과 코로나19로 인한 사회 구조의 변화가 실업자를 양산해 내고 있는 시대에 더 이상 백수에게 기계와 싸워 이길 수 있는 '능력'을 갖추라고 요구할 수는 없다.

간디는 일찍이 마을이 세계를 구할 것이라고 예견한 바 있다. 그리고 간디의 희망이 담긴 그 마을을 지금은 백수들이 지키고 있다.

인류의 생산관계가 수렵과 채집에서 농경으로, 농경에서 산업 자본주의로 변해 오면서 노동의 목표 또한 생존에서 생산으로, 생산에서 이윤의 추구로 이동해 왔다. 4차 산업 혁명과 코로나 시대에 인류의 노동은 무엇을 향해야 할까?

인공 지능이 인간의 일자리를 빼앗아 간다면, 인류는 인공 지능과 경쟁할 것이 아니라 새로운 노동 목표를 찾아야 한다.

정보의 폭발적 증가로 인해 인간은 인공 지능이 인간의 노동을 대신하더라도 더더욱 바빠질 것이다. 정보 빅뱅의 시대, 새로운 노동의 목표는 여가를 확보하는 것이다. 그리고 백수는 인류의 새로운 노동 가치를 개척해 가고 있는 첨병이다.

더 이상 부끄러워하지 말자, 포스트 모던을 넘어 코로나19로 인해 노멀 자체가 해체되고 있는 포스트 노멀 시대를 살아가고 있는 나는 백수다!

함께 책을 쓴 공저자들

겸손을 떨고자 하는 나의 의도가 오히려 건방지게 들릴지 모르지만 나는 이 책을 나와 사회적 관계를 맺고 있는 이 시대의 모든 이들과 함께 썼다고 생각한다. 그 공저자들 중 일부를 소개한다.

해제를 통해 백수에 대한 조잡한 생각을 하나의 논리로 보아 주신 서강대 사회학과 전상진 교수님은 나에게 사회학이라는 큰 세상을 보여 주신 분이다. 그럴 리는 없겠지만 만약 훗날 내 이름이 역사에 남겨지게 된다면 난 '전상진 학파'로 불려지길 바란다. 아마 전상진 교수님이 제일 크게 손사래를 치시겠지만…….

흔쾌히 추천사를 써 주신 강사 백수 박재원 소장님, 파산 백수 이건범 대표님, 주부 백수 조성익 주무관님, 장년 백수 최호진 할아버지, 반^反백수 김정인 교수님, 은퇴 백수 이명묵 이장

님, 연구 백수 권기태 소장님, 간다르바 백수 이지상 선배님, 청년 백수 조현진, 김지은 씨와의 인연을 일일이 소개하자면 아마 책 한 권 분량이 더 필요할지도 모른다. 감사의 마음을 스치듯 언급하는 나의 사정을 이해해 주시리라 믿는다.

그 중에서도 고려 사이버대 오수길 선배님은 유일하게 내가 쓴 글을 좋아해 책을 써 보라고 끊임없이 권유를 해 주신 독특한 분이다. 만에 하나 이 책이 대박이 난다면 말도 안 되는 글에 힘을 실어 준 오수길 선배의 덕이고, 당연하게 쪽박이 난다고 해도 그 책임을 나누어 주시리라 믿어 의심한다.

중간중간 원고를 읽어 주며 날카로운 조언을 아끼지 않았던 창현이, 술 한잔에 책에 대한 10%의 지분을 요구하고 있는 명승이, 책을 쓰며 가장 오랜 시간 머물렀던 인천 아시아드 경기장 옆 홀리빈 식구들(사장님과 사모님, 선아 씨, 세영 씨, 그리고 나를 볼 때마다 반갑게 짖어 주는 견공 홀리)에게도 감사 인사를 전한다. 영화 <기생충>으로 세계 4대 영화상을 휩쓴 봉준호 감독은 늘 한적한 카페에서 시나리오 작업을 했는데, 작품이 성공하고 난 후 인사를 하러 가면 카페가 문을 닫고 없더라는 인터뷰를 한 적이 있다. 난 봉준호 같은 명장이 아니니 아마 카페 영업에 영향을 미치지는 않으리라 생각한다.

감사의 마지막은 늘 가족이다. 요즘은 남자와 같이 살아 주는 여자에게 무조건 머리를 조아려야 하는 시대다. 나의 옆지기 유정아는 그 감사한 고통을 올해로 무려 20년이나 견뎌 왔다. 더불어 성향이 정반대인 두 딸 ○기, ○슈로 인해 내가 이해해야 하는 세상이 그만큼 넓어질 수 있었던 것 같다. 동생보다 일찍 세상을 떠난 큰형과 지금도 나의 성장에 영향을 주고 있는 작은형, 환갑의 나이에 아직도 소녀 갬성으로 살아가고 있는 철딱서니 누나, 다양한 재능을 물려주신 어머니와 돌아가신 아버지께는 글로 대신하는 감사따위가 어떤 의미가 있을지 모르겠다.

글을 쓰는 와중에도 계속 공저자들의 이름이 떠오른다. 왜 자신은 언급하지 않았냐는 투정은 필자가 감당해야 하는 몫이리라. 부족한 글을 세상에 내보내 준 작은숲출판사 강봉구 대표님과 묵묵하고 까칠하게 원고를 다듬어 준 김윤철 선배님께 마지막 감사를 드린다.

2021년 1월
채희태

차례

2부 역사를 바꾼 백수들

3부 세계는 마을이 구하고, 마을은 백수가 지킨다

4부 소득 주도 성장? 백수 주도 성장

5부 슬기로운 백수 생활을 위한
백수 10계명

일러두기

1. 단행본과 사전을 비롯한 책에는 겹낫표(『』), 신문, 단편소설, 시, 책
   으로 묶인 글의 제목 등에는 홑낫표(「」)를 사용했다.
2. 영화, 노래, 텔레비전 프로그램 등에는 홑화살표(〈〉)를 사용했다.
3. 보조 용언은 띄어 쓰는 것을 원칙으로 하되, 『표준국어대사전』에서
   한 단어로 인정한 것은 붙여 썼다.

1부

백수의 사회학,

나는 백수다

백수가 과로에
시달리는 이유

　말이 좋아 프리랜서지, 1년 가까이 반백수로 지내고 있
는 나는 하루하루가 바쁘다. 하는 일이 없어도 바쁘고, 하
는 일이 있으면 더 바쁘다. 직장을 다니고 있을 때 "백수
가 과로사한다"는 말을 웃으며 흘려들었는데, 막상 내가
그 처지가 되니 진지하게 고개가 끄덕여진다. 가끔 속도
모르는 지인들은 백수가 뭐가 그렇게 바쁘냐고 묻는다.
그래서 "슬기로운 백수 생활"을 위해 왜 백수가 과로에
시달리는지 진단해 보기로 했다. 고기도 먹어 봐야 맛을
안다고, 반^{半?, 反?} 자발적으로 백수 시절을 보내고 있는 지
금 이 시기가 아니면 할 수 없는 일이기 때문이다.

시스템에서
벗어나 있기 때문이다

백수가 늘 과로에 시달리고 있다고 착각(?)하는 이유는 직장이라는 시스템에서 벗어나 있기 때문이다. 직장은 정해진 시간에 출근만 하면 많은 것들이 자동으로 돌아간다. 정해진 회의, 루틴한 업무, 심지어 극심한 정신노동을 동반하는 점심 메뉴의 선택도 그저 대세에 따르면 그만이다. 반면 백수는 모든 행동을 주체적으로 결정해야 한다. 언제 일어날지, 무엇을 먹을지, 누구를 만날지……. 자신이 해야 할 모든 행동에 익숙하지 않은 정신노동을 수행해야 하니 직장을 다닐 때보다 피로를 느낄 수밖에 없다.

게으름이
과로로 이어진다

아무리 자기 관리가 철저한 사람이라도 십중팔구는 출근이라는 통제에서 벗어나는 순간 게으름에 빠지게 된다. 예전에는 새벽에 눈이 떠지면 다시 잠들기가 쉽지 않았다. 자칫 출근해야 할 시간을 놓칠 수도 있기 때문이다. 그 긴장의 불면 속에서 예전의 난 주로 책을 읽거나 글을 썼다. 지금은 아침에 눈이 떠지면 먼저 고민을 한다. '일어날까?' 일어나도 할 일이 없다. 백수 남편이, 아빠가 새벽부터 일어나 부산을 떠는 모습을 기꺼이 감수할 배려심 충만한 가족이 있는 것도 아니다. '그냥 더 누워 있을까?' 그 고민을 하는 사이 나도 모르게 다시 잠에 빠져들고 만다.

마침 해야 할 일이 생겼는데, 시간이 없다. 게으름에 빠진 자신의 상태는 고려 대상이 아니다. 게을러지니 시간이 없고, 시간이 없으니 바쁘고, 바쁘니까 피로감을 느끼고, 피로감을 느끼니 과로에 시달리고 있다는 생각을 하게 된다.

백수의 오지랖은
과로의 근원

일단 백수가 되고 나면 주변 사람들의 다양한 부탁을 거절하기 쉽지 않다. 실질적 과로에 시달리고 있음에도 불구하고 바쁘다는 핑계를 대는 것 자체가 민망하고 주변의 부탁을 반복적으로 거절할 경우, 아무리 뻔뻔한 사람이라도 양심에 가책이 누적된다. 나처럼 '착한 아이병'에 걸린 캐릭터는 더더군다나 문제가 된다. 얼마 전 선배의 부탁으로 일을 하나 했는데, 과로에 시달리고 있는 백수인 내 처지를 어느 정도 어필한 터라 '그래도 최소한의 금전적 보상은 있겠지' 하고 생각했다가 크게 내상을 입었다.

잡념이
많아진다

직장에 다닐 땐 생각이 아무리 많아도 중심 생각과 잡생각을 나눌 수 있었다. 그리고 그에 따라 생각의 우선 순위를 정할 수 있었다. 하지만 과로에 시달리는 백수로 살고 있는 지금, 나는 생각에 우선 순위를 정하는 것이 가장 어렵다. 백수가 하는 생각은 그저 상상으로 시작해 공상으로 끝나는 잡념이 대부분이기 때문이다. 아무리 좋은 생각이라도 그 생각을 구현할 수 있는 시스템과 만나지 못하면 헛된 공상으로 끝날 뿐이다. 내 공상이 누군가를 만나 그것이 정책이 되든, 문화 콘텐츠가 되든, 아니면 돈이 되든 구체화되기 이전까지 나는 그저 계속 과로에 시달리는 백수일 뿐……

아, 피곤해~

뻐뜨, 그러나……

백수가 과연 백해무익하기만 할까? 풀꽃도 꽃이고, 개똥도 약으로 쓰일 기회가 있는데, 하물며 만물의 영장인 인간이 백수라고 쓰일 데가 없겠는가? 농경에 기반한 대가족 문화의 기준으로 보면 산업 사회의 핵가족은 말세의 징조로 보일 수도 있을 것이다. 토드 로즈는 "우리가 새로운 것을 받아들이는 것보다 과거에서 벗어나는 것이 더 힘들다"[1]고 말했다. 우리는 하루 사이에도 천지가 개벽하고, 그 천지가 어떤 모양으로 개벽할지 누구도 알 수 없는 시대에 살고 있다. 이 불확실성의 시대에 생산력 확대에만 몰입해 온 인류가 미래 인류일지도 모를 백수를 비난할 수 있을까? 수평선 너머에 무엇이 있는지 알 수 없다면 나아가지 않고 제자리를 지키는 것도 한 방법이다. 자본의 채찍질에 저항하고 있는 백수가 마을을 구하고 나아가 세계를 구할지 누가 알겠는가? 그래서 쓰게 되었다. 당당하게 말하자.

"인류가 당면한 노동의 새로운 목표를 개척해 가고 있는, 나는 백수다!"

일생을 통틀어 백수 시절을 경험해 보지 않은 사람이
있을까? 미취학 아동과 학생 신분을 유지하고 있는 적어
도 대학생까지는 빼고 말이다. 대학생은 미성년을 벗어난
학생이다. 졸업을 하는 동시에 취업을 하지 않으면 졸지
에 백수 신세로 전락(?)한다. 취업문이 워낙 좁다 보니 대
학생들은 졸업을 미루거나, 아예 창업을 하거나, 그도 아
니면 끝을 알 수 없는 취준생으로 살아간다. 2020년 대졸
취업자의 평균 연령은 남자가 32.5세, 여자가 30.6세였다.
1998년 IMF 구제 금융 시절에 평균 취업 연령이 25.1세였
던 것과 비교하면 약 6세가량 취업 연령이 높아졌다.[2] 졸
업을 하고도 5~6년은 취업을 위한 치열한 경쟁을 이어
가야 한다. 물론 나이가 찬다고 저절로 취업이 되는 것도

아니다.

돌이켜 보니 난 다행히 대학 졸업 이전에 취업을 했다. 학교 다니면서 가장 꼴 보기 싫었던 선배가 바로 학생 운동을 한답시고 졸업을 하고도 학교에 지박령처럼 남아 있는 선배였다. 어떻게 보면 학생 운동은 그 선배들이 말아먹었는지도 모른다. 선배들은 변화된 현실에 대응하는 운동이 아닌, 자신의 신념에 현실을 꿰어 맞추기 위해 운동을 했던 것 같다. 졸업한 선배들은 부족한 후배들이 자신의 신념을 지켜주지 못할 것 같아 불안했을 것이다. 그래서 졸업을 하고도 학교에 남아 후배들을 지도하는 선배들이 학교마다 몇 명씩은 꼭 있었다. 결국 1993년에 문민정부가 들어서고, 그 문민정부에 군부 독재와 같은 방식으로 대응했던 선배들의 지도하에 대한민국의 학생 운동은 무참하게 무너졌다. 물론 그저 시대적 쓸모가 다해 사그러진 것일 수도 있는 학생 운동의 몰락 책임을 모두 그 선배들에게 전가하고자 하는 의도는 없다.

내가, 졸업도 하기 전에 서둘러 취업을 선택했던 이유 중 하나는 후배들에게 학생 운동을 적당히(?) 해도 취직이 된다는 희망을 보여 주고 싶어서였는지도 모른다. 과에서 노래패 활동을 했던 난 후배들이 공연을 할 때면 직장에서는 입지도 않던 양복을 굳이 차려입고 참석하기도 했다.

내가 다니던 첫 직장은 IMF 외환 위기 즈음 문을 닫았다. 비슷한 시기에 직장을 잃은 130만 명 중 한 명이 된 것이다. 스스로를 백수로 인정하는 것이 쉽지 않았던 나는 특히 후배들에게는 전에 하고 싶었던 음악을 하는 프리랜서로 살고 있다고 뻥을 쳤다. 사실 백수와 프리랜서 사이는 종이 한 장 차이다. 일을 하고 있을 땐 프리랜서고, 일이 없을 땐 백수였다. 백수이자 프리랜서로 살고 있는 선배의 속을 알 리 없는 후배들은 가끔 술을 사 달라며 전화를 했다. 지금에야 밝히지만 난 수중에 돈이 없을 때 바쁘다는 핑계를 대며 후배들의 부탁을 거절했다. 그리고 수중에 돈이 있을 때 아무리 바빠도 기어 나가 후배들과 술을 마셨다. 백수로 살고 있는 선배의 처지를 걱정해 술값을 내 준 후배는 단 한 녀석도 없었다. 그도 그럴 것이 그들에게 하늘 같은(?) 선배였던 나는 백수가 아니라 프리랜서였기 때문일 것이다.

지금도 백수로 보내고 있지만, 사실 그때만큼 막막하지는 않다. 그동안 축적된 경험과 나쁘지 않게 관리해 온 인맥을 바탕으로 소소하게 강의나, 글을 써 달라거나, 자문을 해 달라는 요청이 들어오기 때문이다. 경험을 쌓을 기회조차 주어지지 않는 '청년 백수'들에게는 정말 미안하지만 나는 그나마 복 받은 '중년 백수'라고 할 수 있다. 나보다 더 열심히 공부하고, 치열하게 경쟁했음에도 불구하고 대부분의 청년들은 학교를 벗어나자마자 백수가 되어 세상을 만난다. 내 경우는 프리랜서였지만, 청년 백수의 또 다른 이름은 불확실한 미래를 준비해야 하는 취업준비생이다. 내가 쓰고 있는 이 글은 이런 세상을 물려준 기성세대의 한 사람으로서 청년들에게 보내는 미안함이자 위로이다. 나아가 4차 산업 혁명을 통해 새로운 시대로 치닫고 있는 현실 속에서 새로운 백수의 시대적 쓸모를 끄집어내는 것은 나에게 주어진 덤이자 짐이다.

백수,
새로운 정의가 필요하다!

이왕 백수에 대해 글을 쓰기로 했으니 백수에 대한 모든 것을 한번 파헤쳐 보자. 먼저 백수의 어원이다. 백수를 한자로 쓰면 白흰백, 手손수다. 일을 하지 않아 손이 하얗다는 의미라는 말도 있지만, 흰 백 자가 희다는 의미 외에 "아무것도 없다"라는 뜻도 있으니 아마 아무것도 가지지 않은 손이라고 보는 게 더 타당해 보인다. 백수의 어원을 불교에서 찾는 사람도 있다. 바로 '백수건달'이라는 말 때문이다. 영화배우, '송강호'의 존재감을 확실하게 각인시켰던 영화 〈넘버 3〉에 등장하는 욕쟁이 검사 최민식은 깡패를 건달이라고 불러 달라는 한석규의 요청에 건달은 하늘 건乾, 이를 달達, 즉 하늘의 이치에 통달한 사람이고, 음악을 좋아하며, 향기를 먹고 산다는 신 '간다르바'가 어원

이라며 훈계를 한다. 인도의 신화에 나오는 신 간다르바가 하필 한국의 백수와 만나 고생이 이만저만이 아니다.

간다르바가 백수와 만나 비난을 받는 이유는 농경 문화의 산물로 보인다. 넘들은 농사짓느라 바쁘고 허리가 휘는데, 베짱이처럼 일은 안 하고 띵가띵가 음악에만 취해 있으니 사람들에게 곱게 보일 리 없다. 그래서 간다르바 앞에 백수라는 말을 붙여 그 곱지 않은 마음을 에둘러 표현했을지도 모른다. 한편으론 부러움을 담아……. 고대 그리스에서 살던 이솝^{Aesop}은 이러한 정서를 「개미와 베짱이」라는 우화에 담았다. 농경 시대엔 열심히 일하는 개미가 더 중요했는지 모르겠지만, 지금은 자본에 소속되어 경쟁적으로 이산화 탄소를 배출하는 개미보다 차라리 노래하는 베짱이가 인류의 미래를 위해 더 유익할지 모른다.

미루고 미루다 행복은 없어
오늘은 또 다시 없어
어느덧 시간을 벌써
Come on and wake you up

이렇다 저렇다 거짓된 희망은 치워
싸우고 다투고 살다간 지쳐

습관이 돼 버린 경쟁에 미쳐

똑같은 틀 안에 갇혀

아무도 모르게 묻혀

come on and wake you up

어렵게 포장된 거짓된 이론은 치워

입 맞춰 줄 맞춰 살다간 미쳐

Ring Ring Ring a Ring a

Ring Ring Ring a Ring a

노래나 부르며 손뼉을 치면서

웃으며 잘고 싶어

- 써니힐, 〈베짱이 찬가〉

　지금으로 치면 베짱이는 BTS나 트와이스다. 모차르트나 베토벤이 다행히 서양에서 태어났으니 망정이지 조선 시대에 태어났으면 딱 백수건달 취급을 당하지 않았을까?

　백수의 어원이 흰머리의 백수^{白首}라고 주장하는 경우도 있다. 공부만 하다 머리가 하얗게 센 사람을 백수라고 불렀는데, 고대 가요 〈공무도하가〉에 등장하는 백수광부^{白首狂夫}가 바로 그 원조라고 할 수 있다. 왜 사랑하는 아내의 만류에도 불구하고 물에 빠져 죽을 생각을 했는지 21세기 백수로 살다 보니 어렴풋이 이해할 수 있을 것 같기도 하다.

이렇게 백수는 흰 손이든, 흰머리든, 아니면 음악을 좋아하는 인도 신화의 신이든 어원과 무관하게 지금까지 뭇 대중들의 푸대접을 받으며 살아왔다. 백수와는 정반대인 경우도 있다. 조선 시대 욕심의 상징이었던 놀부는 근대에 들어 부의 아이콘으로 화려하게 부활했다. 영웅이 시대를 만드는 게 아니라, 시대가 영웅을 만든다. 백수로 인해 경제가 안 돌아가는 것이 아니라, 저성장에 돌입한 대한민국의 경제 사정이 백수를 양산하고 있는 것이다.

대학생 열 명 중 한두 명이 고민하는 문제면 그것은 자기 자신에게 원인이 있지만, 대학생 열 명 중 여덟아홉 명이 고민하는 문제라면 그것은 사회 구조가 문제다.

- 임승수, 『청년에게 딴짓을 권한다』

언젠가 외국에선 실업률이 올라가면 국가를 탓하는데, 우리나라는 자신을 탓한다는 이야기를 들은 적이 있다. 시대가 바뀌면 많은 것이 바뀐다. 이제는 백수에 대한 정의도 바뀌어야 한다. 과거 경제 성장률이 고공 행진을 하던 시절에는 안 해서 문제였지, 하기만 하면 안 되는 게 없는 시대였다. 그 산 증인이 바로 나다. 부끄럽지만 나는 중학교 2학년 때 딱 한 번 5등을 해 보고 그 이후로는 성적이 서서히 에스컬레이터를 타고 내려가 대학교 입시를 앞둔 고등학교 3학년 때는 반에서^{전교가 아니다} 44등까지 떨어졌다. 대학 입시에서 내신이 차지하는 비율이 조금씩 늘고 있던 터라 4년제 대학엔 명함도 못 내밀 성적이었다. 지금은 말도 많고, 탈도 많은 학종이라도 있지……. 난 1년 동안 재수를 하며 그 좋아하는 농구도 끊고, 친구까지 끊어 가며 죽어라 공부만 했다. 4당 5락이라고 4시간 자면 붙고, 5시간 자면 떨어진다고 해서 잠도 4시간 넘게 잔 적이 거의 없다. 그래서인지 지금까지도 잠이 별로 없다. 최근에 백수가 된 후 잠이 조금씩 늘어 걱정이긴 한데 침대에 누워 있는 시간이 늘어났을 뿐, 눈을 감고 있는 시간은 여전히 6시간을 넘기지 않는다. 그 결과 스카이까지는 아니지만 그 아래에서 도토리 키 재기를 하던 조선 시대 최고의 명문대에 당당히 뒷문을 닫고 들어갈 수 있었다. 그때 경험을 가지고 지금 학교를 다니는 아이들에게 "하면 된다"는 얘기를 했다가는 꼰대라는 낙인을 평생 안고 살아야 한다. 지금은 과거처럼 한다고 다 되는 시대가 아니다.

고성장 시대의 백수와 저성장 시대의 백수는 명백히 다르다. 청년에게 딴짓을 권해 온 임승수의 말대로 고성장 시대의 백수는 백수가 문제였지만, 구조적인 저성장 시대의 백수는 직장을 안 갖는 게 아니라 못 갖는 것이기 때문이다. 대한민국은 본격적인 박통의 유신 독재가 시작된 이듬해인 1973년 14.8%라는 최고의 경제 성장률을 찍었다. 이후 10%를 넘나드는 고성장을 거듭하다 1983년 다시 13.2%를 달성했다. 그리고 지금 우리는 경제 성장률 2%대의 저성장 시대를 지나고 있다. 바야흐로 갈수록 좁아지는 취업문을 비집고 들어가기 위해 경쟁을 하면 할수록 취업문은 더 좁아지고 직장을 구할 수 없는 백수는 늘어날 수밖에 없는 악순환의 시대이다. 미국의 경제학자이자 사회학자인 제레미 리프킨Jeremy Rifkin은 세계 500대 글로벌 기업은 전 세계 35억 명의 노동자 중 약 0.15%인 550만 명만을 고용하고도 세계 GDP의 3분의 1을 차지한다고 밝혔다.[3] 이제 우리는 백수에 대한 정의를 다시 내려야 한다. 백수는 가까운 곳에 살고 있는 이웃일 수도 있고, 같이 살고 있는 가족일 수도 있다. 누군가의 아들딸이거나, 자식들의 사교육비를 걱정하는 엄마, 아빠도 언제든 백수가 될 수 있다. 소수를 제외한 다수가 백수나 잠재적 백수로 살아가야 하다면, 백수의 정의는 과거와 달라져야 하지 않을까?

104

백수의
새로운 정의

　백수에 대한 새로운 정의가 필요하다고 했으니 한번 정의를 내려 보자. 백수를 좁디좁은 의미로 정의하면 그냥 "현재 경제 활동을 하지 않는 상태" 정도로 보면 될 것 같다. 하지만 현재 경제 활동을 하지 않더라도 치열한 경쟁을 뚫고 드디어 꿈에 그리던 취업이 결정된 사람은 백수가 될 자격이 없다. 더 좋은 조건으로 이직이 결정된 사람도 마찬가지다. 사실 나는 개인적으로 이 사람들이 제일 부럽다. 고등학생이면서 수시로 대학 입학이 결정된 고3은 고등학생일까? 대학생일까? 고딩이지만 피 터지게 입시를 준비해야 하는 고딩의 정체성을 가지지 아니하고, 그렇다고 대딩도 아닌……. 말 나온 김에 대한민국 교육에 대해 살짝만 짚고 넘어가자. 믿을지 모르겠지만, 내 최근 전공은 사실 백수가 아니라 교육 사회학이다.

대한민국에서 교육은 그저 다음 단계로 넘어가기 위한 관문을 통과하는 수단일 뿐이다. 그리고 교육으로 통과해야 할 최종 관문은 모두 알다시피 대학이다. 일찍이 전 세계의 고수들과 맞장을 뜬 극진 가라데의 창시자, 최영의도 이른바 도장 깨기라는 과정을 통해 무림의 최고수가 되었다. 하지만 대한민국에서 교육은 초등학교, 중학교, 고등학교라는 도장을 안 깨도 그냥 최종 보스만 잡으면 된다. 제도적으로 만 11세가 넘으면 응시할 수 있는 검정고시를 통해 고등학교뿐만 아니라 의무 교육 과정인 초, 중등 과정을 패스하고 대한민국 교육의 최종 보스인 대학과 맞짱을 뜰 수 있다.[4] 윷놀이에도 도와 모 사이에 개와 걸과 윷이라는 과정이 있는데, 대한민국 교육에는 그저 도와 모만 있다. 그렇기 때문에 대학 입학이 결정된 고3의 정체성이 아리까리할 수밖에 없는 것이다. 다시 백수의 정의로 돌아와, 그래서 좁은 의미의 백수는 "현재 경제 활동을 하고 있지 않고, 언제 경제 활동을 하게 될지 불확실하여 막막한 상태에 처한 사람"이라고 정의할 수 있겠다.

이제 백수의 의미를 좀 더 넓혀서 생각해 보자. 좁은 의미의 백수를 "현재 경제 활동을 하고 있지 않고, 언제 경제 활동을 하게 될지 불확실하여 막막한 상태에 처한 사람"이라고 정의했으니, 넓은 의미의 백수는 지속 가능한 경제 활동을 하고 있거나, 할 것으로 예상되는 모든 사람들의 여집합으로 확대하면 어떨까? 여집합? 수학이라면 진절머리가 나는 분들과 학교와 이별을 하면서 동시에 경쟁을 위해 축적했던 모든 지식을 지워 버린 분들을 위해 설명을 하자면, 여집합은 전체 집합의 부분 집합 A에 관하여 전체 집합의 요소로서 A에 포함되지 않는 요소 전체가 만드는 집합을 뜻한다.

"메에에~"

그냥 그림으로 설명하겠다. 지속 가능한 경제 활동을 하고 있거나, 할 것으로 예상되는 모든 사람은 정규직 노동자, 비정규직 노동자, 자영업자 등이다. 경쟁적으로 취업 준비를 하고 있는 대학생과 헌법상 근로의 의무가 없는 미성년자도 비백수에 포함시키겠다.

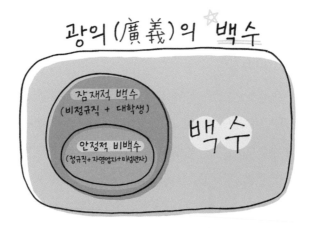

현재는 비백수에 속해 있지만, 성년이자 학생인 대학생은 학생 신분에서 벗어나는 순간 대부분 취준생이라는 백수가 된다. 비정규직 근로자도 계약 기간이 만료되면 잠재적 백수에서 실질적 백수가 된다. 2019년 기준, 대한민국 임금 근로자 수는 2천55만 9천 명이고, 그 중 36.4%인 748만 1천 명은 비정규직 노동자다.[5] 자 그럼 광의廣義의 백수 숫자를 한번 계산해 보자.

대한민국 인구 - {비백수(임금 금로자 + 자영업자[6] + 미성년자[7]) + 잠재적 백수(대학생[8] + 비정규직)} = 광의의 백수

51,851,000 - {비백수(13,078,000 + 6,734,000 + 8,874,000) + 잠재적 백수(3,326,000 + 7,481,000)} = 12,358,000

2018년 기준

우리나라 인구 중 약 24%는 인정하기 싫겠지만, 직접적인 경제 활동에서 배제된 광의의 백수라고 할 수 있다. 그리고 비백수라고 할지라도 21%^{대학생+비정규직}는 잠재적 백수로 불안한 삶을 살아가고 있다. 그렇다고 너무 걱정할 일은 아니다. 그럼에도 불구하고 대한민국의 국민 총생산은 2019년 기준 안정적인 세계 10위권이니 말이다. 24%가 경제 활동에서 실질적으로 배제된 광의의 백수임에도 불구하고 세계 10위의 총생산을 달성했다는 것은 대한민국의 생산성이 그만큼 높기 때문이라고 볼 수 있다. 그렇다고 24%를 차지하고 있는 백수를 소멸의 대상으로 여기는 우를 범하지는 말기 바란다. 빙산의 일각이 수면 위로 떠오를 수 있는 이유는 차디찬 바닷속에 드러나지 않은 거대한 빙산이 받치고 있기 때문이다. 빙산의 일각을 떠받치고 있는 백수가 사라진다면 빙산은 그 비중만큼 수면 아래로 가라앉을 수밖에 없다. 그보다 나의 이웃이거나 가족일 수도 있는 백수와 국민 총생산을 어떻게 나눌지 고민하는 것이 국가 발전에 보다 효율적이며 국민들의 정신 건강에도 도움이 된다. 현재의 백수는 단순히 일이 하기 싫어 노는 사람이 아니다. 사회 구조의 변화로 인해 경제 활동에서 배제된 사람이다. 그들에게 백수에서 탈출하기 위해 처절한 경쟁에서 이기라고 요구하는 것은 높은 곳에 올라가 사다리를 걷어찬 후 올라와 보라고 조

롱하는 것과 다르지 않다. 내가 백수를 새롭게 정의하려는 이유는 백수나 비백수나 모두 불확실한 시대를 살고 있기 때문이다. 백수에게 사회가 가지고 있는 구조의 책임을 전가할 것이 아니라, 백수와 비백수가 연대하여 함께 헤쳐 나가야 하지 않을까?

백수의 종류 I :
백수를 나누는 기준

    이제 백수의 종류에 대해 알아보자, 아니 백수의 그 개별적 다양성을 존중해 적극적으로 분류해 보자. 지금까지 백수는 그냥 퉁쳐서 백수라고 여길 뿐, 우리는 한 번도 백수의 다양한 디테일에 관심을 가진 적이 없었다. 이제 앞에 언급했던 광의의 백수 24% 안에 어떤 사람들이 있는지 살펴보자.

    임금 근로자가 아니라고 해서 모든 백수들이 경제 활동에서 벗어나 있는 것은 아니다. 백수 중에서도 비정기적인 수입을 통해 경제 활동에 참여하고 있는 사람들이 있다. 이 사람들을 우리는 보통 프리랜서라고 부른다. 프리랜서는 백수를 포장하는 말 중에서도 가장 그럴듯하다. 게다가 영어다 보니 뭔가 '있어' 보인다. 사실 필자도 가끔

헷갈린다. 필자가 백수인지 프리랜서인지……. 과거엔 백수였어도 프리랜서라는 포장지를 내보였다면, 지금은 프리랜서라는 포장지를 까뒤집어 군이 백수라는 내용물을 보여 주는 편이다. 필자에게는 해당되지 않겠지만 프리랜서 중에는 사실 백수라고 부르기 미안할 정도로 고수익자도 있다. 필자의 프리랜서 코스프레가 감히 그런 고수익자 프리랜서의 위명에 누를 끼칠 수는 없다.

이렇게 백수를 나누는 첫 번째 기준은 경제 활동의 유무이다. 프리랜서든 알바든 돈을 벌고 있는 경제 활동 백수와 부모에게, 배우자에게, 또는 자식들에게 기대어 살고 있는 비경제 활동 백수가 있다. 자 이제 따져 보자. 비경제 활동 백수가 진짜 놀고먹기만 하는지……. 자본주의가 원하는 경제 활동, 즉 부가가치를 통한 이윤 창출에 기여하지 않는다고 이들이 공기만 축내고 있는 것은 아니다. 대표적으로 드라마, 〈응답하라 1988〉에서 고시 백수로 등장하는 정봉이는 어머니의 구박을 받아 가며 굳은 집안일을 도맡는다. 또한 동생 정환이가 상대적으로 부모의 기대와 사랑을 한 몸에 받을 수 있었던 건 형 정봉이가 백수였기 때문이다. 지금까지 백수들은 자신의 하찮음으로 인해 주변 사람들을 더욱 빛나게 만드는 살신성인의 자세로 세상을 살아왔다. 정봉이는 가족으로부터 백수라는 비난이 아닌 가사 노동에 대한 감사의 인사를 받아야

한다. 또 동생 정환이는 자신의 노력과 무관하게 단지 형이 백수라는 이유로 받은 부모님의 사랑을 어떤 형태로든 계량해 형에게 돌려주어야 한다. 그래서였는지, 〈응팔〉에서 동생 정환이는 고시 백수인 형, 정봉이를 늘 깍듯하게 대한다. 자 이제 정리해 보자. 경제 활동을 중심으로 백수를 분류하면 돈으로 계량이 가능한 노동을 하고 있는 백수와, 돈으로 계량할 수는 없지만 나름 가치 있는 노동을 하는 백수가 있다.

백수를 나누는 두 번째 기준은 세대, 즉 나이다. 필자는 앞서 중년 백수라고 밝힌 바 있다. 이 사회가 요구하고 있는 소비 기준을 무시할 수만 있다면, 보편적으로 백수 중에서도 그나마 제일 행복한 백수가 바로 필자 같은 중년 백수라고 할 수 있다. 가장 불행한 백수는 시대를 잘못 만나 사회생활을 백수로 시작하는 청년 백수와 은퇴 나이는 그대로인데, 시대의 변화가 가속화되면서 늘어나고 있는 노년 백수이다. 청년이 시대를 선택하는 것이 아니고, 시대의 빠른 변화를 노년에 접어든 사람들이 만들어 내고 있는 것도 아니다. 하지만 청년 백수와 노년 백수는 서로 지속 가능한 불행, 즉 일자리를 놓고 피 터지게 경쟁한다. 일자리 부족과 상대적 박탈감을 선사하는 이가 따로 있다는 것을 상상조차 하지 '않'는다. 가능성이라는 무기를 탑재한 청년 세대와 경험이라는 장점을 가지고 있는 노년 세대는 자신의 부족함을 상대방에게서 채우려 하지 않는다. 그런 의미에서 '전상진'의 독특한 세대 담론이 담긴 『세대 게임』과 '로버트 드니로'와 '앤 헤서웨이'가 주연으로 출연한 영화 〈인턴〉은 우리에게 세대를 바라보는 새로운 관점을 제시한다.

백수에 대해 이해하기 위해선
세대 문제를 바라보는 새로운 관점이 필요하다

세대 학자 전상진은 세대 문제를 게임으로 보았다. 세대 문제를 두고 투쟁하는 대상 뒤에 그 투쟁을 통해 이득을 챙기는 게임 설계자가 있다는 것이다. 영화, 〈인턴〉에서 은퇴한 70세 인턴으로 등장하는 로버트 드 니로는 열정으로 무장한 30세 CEO, 앤 헤서웨이를 훌륭하게 '보완'한다. 단 보완의 전제로 앤 헤서웨이는 로버트 드 니로에게 인턴이라는 일자리를 제공한다.

청년 백수와 중년 백수, 그리고 노년 백수의 대립과 투쟁은 누구에게 이익을 가져다 줄까? 대립과 투쟁이 자신의 존재감을 더욱 고취시키는 유전자를 가지고 태어난 사람이 아니라면, 노동 시장이 아닌 관계 시장에서 서로를 보완하면 된다. 청년 백수는 누군가의 자식이고, 중년 백수는 누군가의 부모이고, 노년 백수는 누군가의 조부모다. 세대가 서로의 존재 가치를 인정해 주고, 그 인정이 서로를 보완해 줄 수 있다면, 일자리라는 먹잇감을 사이에 두고 싸우지 않아도 된다. 인간은 원래 그런 존재다.

106

백수의 종류 2 :
노동의 가치 변화와 백수

시대에 따라 인류의 노동 목표는 변해 왔다. 수렵과 채집을 하던 시절, 인류의 노동은 단지 생존이 목표였다. 인류는 수렵의 대상인 짐승을 키우지 않았으며, 수확을 위해 식물을 재배하지 않았다. 그러다 농경이 시작되었다. 야훼가 선악과를 따 먹은 것에 대로하여 "앞으로 너희는 수고로운 노동을 통하지 아니하고는 살아갈 수 없을 것"이라며 아담과 이브를 에덴동산에서 쫓아낸 것이다. 즉, 농경은 인간의 노동 목표를 '생존'에서 '생산'으로 바꿔 놓았다.

사실 이브가 아담에게 선악과를 먹자고 제안한 것처럼, 농경은 여성이 남성에게 제안했을 가능성이 매우 높다. 여성 호모 사피엔스는 19만 년 동안 채집을 하며 농경에 필요한 기본적인 정보를 축적했을 것이다. 그리고 어느 날 목숨을 걸고 수렵을 떠나는 남성 호모 사피엔스에게 자신이 획득한 선악과의 정보를 털어놓으며 농경을 '명령'했을지도 모른다. '유발 하라리'의 말처럼 농경은 인류 최대의 사기극이었다. 농경을 시작한 후 인류는 이전보다 더욱 극심한 기아와 영양실조에 시달렸다. 수렵과 채집을 하던 시절보다 인간 개체 수는 안전하게 늘었지만, 늘어난 개체 수를 감당할 생산력이 뒤따르지 못했다. 약 19만 년 동안 모계 사회를 이끌었던 여성 호모 사피엔스는 자신이 제안한 농경으로 인해 거대한 역설에 직면했다. 노동의 목표가 생존에서 생산으로 이동하면서 인류의 주도권을 남성 호모 사피엔스에게 내어 주는 암흑의 터널인 가부장제를 '허용'하게 된 것이다. 인류는 농업 생산량을 늘이기 위해 남성의 근육에 더 많이 의존하게 되었으며, 수렵을 통해 축적한 남성들의 전투력은 농경을 통해 수확한 생산물을 빼앗거나 지키는 데 사용되었다.

생산력의 발전, 그리고 잉여 생산물의 차지를 중심으로 인간 관계는 새로운 변곡점을 맞이한다. 잉여 생산물은 마치 관계를 통해 인간이 동물을 분리시켰던 것과 다르지 않은 방식으로 인간과 인간의 관계를 지배와 피지배로 분리시켰다. 그리고 인류는 역사의 대부분을 계급 사회 속에서 계급 유전자를 키우며 살아왔다. 사실 필자는 잉여 생산물이 계급을 발생시켰다는 전통적인 견해에 동의하지 않는다. 오히려 농경 이후 생산력 확대가 필요했던 인류의 절박함이 보다 우월한 존재에게 권한을 위임하면서 계급이 시작되었을 가능성에 무게를 두는 입장이다. 그렇게 시작된 계급이 제도적으로, 그리고 문화적으로 굳어져 계급 사회가 되었다. 자본주의는 인간이 만들어 낼 수 있는 생산력의 한계를 지속적으로 경신해 왔고, 현재 우리는 생산을 통해 만들어 낼 이윤에 대한 기대로 인해 백수의 인권 따위는 무시해도 되는 시대에 살고 있다.

자본주의는 노동의 목표를 '생존'도, 생존을 위한 '생산'도 아닌 '이윤'으로 변화시켰다. 이는 사실 대략 11세기 전후 역사에 등장하기 시작한 부르주아지들만의 상식이었다. 일찍이 영국의 문호 셰익스피어는 「베니스의 상인」을 통해 부르주아지들의 그 이질적인 상식을 폭로하기도 했다. 지금은 지극히 당연한 일상이 되었지만……. 역사적으로 부르주아지를 가장 환멸했던 대표적인 인물은 마르크스라고 할 수 있다. 마르크스는 노동의 목표가 이윤이 되는 부르주아지들의 세상을 경계했다. 그래서 마르크스의 『자본론』은 자본주의에 대한 통찰인 동시에, 부르주아지들의 목표인 이윤을 향한 질주를 막는 브레이크였다.

인류가 생존의 문제에 맞닥뜨렸을 때 할 수 있는 가장 효과적인 행위는 바로 연대와 협력이다. 인간이 불확실한 자연으로부터 생존하기 위해 선택한 것도 인간 사회를 통한 연대와 협력이었고, 여성 호모 사피엔스가 기꺼이 자신의 주도권을 내려놓고 남성 호모 사피엔스의 노동력과 전투력을 인정한 것도 인류의 생존을 위한 연대와 협력이었다. 설마 여성 호모 사피엔스가 생물학적으로 근거가 부족한 가부장제가 이토록 오랫동안 인간 사회에서 자신을 억압하는 구조로 고착될 것이라는 걸 상상이나 했겠는가!

사실 생산력의 문제를 해결하기 위해 시작된 가부장제는 지배와 착취라는 계급적 질서와 만나면서 이미 자본주의 이전부터 수면 아래에서 인류의 목표를 생존에서 이익으로 이동시키고 있었다. 생존의 문제 앞에서는 연대와 협력이 필요했던 관계가 이익의 문제와 만나면 경쟁과 대립으로 돌변한다. 필자도 여기서부터는 인류의 역사가 계급 투쟁의 역사였다는 마르크스의 주장에 동의한다.

이제 우리는 생존 본능과 자본주의를 통해 이미 불가역적 유전자가 된 이익 본능을 효과적으로 결합할 필요가 있다. 필자는 백수와 비백수의 경쟁이, 그리고 이윤 노동을 기준으로 비백수가 백수의 노동을 하찮게 여기는 것이 보편적 인류의 생존에 이익이 된다면 얼마든지 지지할 용의가 있다. 코로나19 시대에서 벗어나지 못하고 있는 자본이, 국가가 그리고 시장의 판단이 여전히 인류 앞에 놓인 문제가 생존이 아닌 이익이라고 판단한다면, 그것을 막을 수 있는 힘은 사실상 존재하지 않는다.

비정규직을 통해 노동 시장을 유연화하려는 시도는 이윤을 추구하며 성장해 온 전통적인 자본의 논리이자, 이미 단단하게 고착된 유전자다.

자본의 목표가 무한 이윤의 추구라면, 자본을 포함한 인류의 목표는 지속 가능한 '생존'이다. 코로나19 시대의 진보는 이윤이 목표인 자본과 생존이 목표인 인류가 경쟁과 대체, 그리고 소멸이 아닌 새로운 연대와 협력의 방식을 고민해야 한다고 생각한다. 그리고 필자는 그 묘안을 백수가 가지고 있는 독특한 쓸모에서 찾아야 한다고 생각한다.

107

백수의 종류 3 :
주부도 백수일까?

얼마 전 육아 휴직 중인 '남자' 후배를 만났다. 후배는
서울의 한 지방 자치 단체 공무원으로 일하고 있는데, 아
마 육아 휴직을 감행할 수 있었던 이유 중 하나는 공무원
이라는 든든한 직업이 있었기 때문이었을 것이다. 필자는
과거 몇 년 동안 어공^{어쩌다 공무원}인 적이 있었는데, 육아 휴
직이 승진에 불이익으로 작용할 수도 있을 거라고 충고했
지만, 후배는 자신이 육아 휴직을 쓸 수 있는 마지막 기회
라며 용감하게 육아 휴직에 돌입했다. 후배는 평소 자상
한 남편이자 아빠로, 가사 노동에 적극적인 매우 바람직
한 남자로 자부하고 있었다고 했다. 그런데 막상 육아 휴
직을 하고 보니 그동안 자신의 가사 노동은 분담도 거들
기도 아닌, 그저 생색내기였다고 고백했다. 육아 휴직에

들어가기 전에는 나름 여유 시간에 그동안 못 읽었던 책도 읽고, 바쁜 직장 생활로 인해 하지 못했던 여가를 즐길 수 있을 거라고 상상했다고 한다. 그런데 육아를 담당하고 있는 주부에게 자기를 위해 사용할 수 있는 시간은 없었다고 했다. 한번은 그 후배를 포함한 지인들과 오랜만에 저녁 약속을 잡았다. 약속을 몇 시간 앞두고 그 후배에게 카톡이 왔다. 그대로 옮겨 보겠다.

"저희 집 바깥양반이 오늘 야근하신다고 해서 저는 나갈 수가 없습니다."

그 후배의 센스 있는 답변에 카톡을 받은 지인들은 유쾌하게 웃었지만, 뒤돌아 생각해 보니 웃을 일이 아니었다. 성별을 선택할 수 없는 인간이 여성으로 태어나 결혼을 하게 되면, 그리고 출산까지 하고 나면 그때부터는 아이가 성년이 될 때까지 육아의 노예로 살아간다. 움직이지도 못하는 아이를 돌보고, 움직이기 시작하면 아이에게 눈도 뗄 수 없는……. 인간은 다양한 인간관계를 통해 자신의 존재를 확인하고 증명한다. 그러나 아이를 낳는 순간부터 여성의 인간관계는 엄마와 아이의 관계로 급격히 축소된다. 필자의 옆지기는 출산 후 "수렁에 빠진 것 같다"며 울기도 했다. 부모 중 한 사람은 경제 활동을 해야 하고, 그로써 책임을 다하는 거라는 편협한 사고에 갇혀 있던 필자는 당시 옆지기의 말을 한 귀로 흘렸다.

대한민국의 학부모, 그 중에서도 특히 엄마들의 치맛바람이 거센 이유를 알 것도 같다. 아기에서 아이로, 아이에서 청소년으로 성장하는 과정에서 끊임없이 부모와 자식이 새로운 관계 맺기를 해야 하는데, 돌아갈 곳이 불투명한 여성은 현재 자신에게 주어진 역할에 집착할 수밖에 없기 때문이다. 육아 휴직 기간에 후배에게 주어진 시간은 자신의 시간이 아니었다. 코로나19로 인해 집에서 아이들과 함께 있는 시간이 늘어나면서 더욱 심해졌다고 했다.

아이를 낳고, 키우는 일을 인공 지능이 대신 해 줄 수 있을까? 2016년 3월 9일, 알파고가 인간 바둑 최고수인 이세돌을 꺾으면서 인공 지능 열풍이 불었다. 세계 경제를 전망하는 다보스 포럼에서는 인공 지능이 대부분의 직업을 차지할 거라며 호들갑을 떨었다. 그때는 그 호들갑에 필자도 적극 동조를 했지만, 지금은 생각이 180도 바뀌었다. 인공 지능이 인간을 대신해 노동을 해 주겠다는데 그게 과연 호들갑을 떨 일일까? 인공 지능이 필자처럼 백수로 지내고 싶어 한다면 걱정을 해야겠지만, 그렇지 않다면 인류는 드디어 농경에서 시작된 고단한 노동에서 탈출할 수 있는 절호의 기회를 맞이한 것이다.

인공 지능이 아무리 발달하고, 기계가 인간이 해야 할 노동을 대체한다고 하더라도 출산을 대신해 줄 수는 없다. 아이를 인간 사회의 협력적 존재로 키우기 위해서는 앞으로도 꽤 오랫동안 부모의 손길이 필요할 것이다. 인공 지능에 대한 사이언스 픽션^{Science Fiction}의 상상은 넘쳐 나지만 그 중 육아에 대한 성공 사례는 아직 소개된 적이 없다. 넷플릭스에 소개된 러드^{러시아 드라마} 〈그녀 안드로이드〉에 등장하는 '아리사'는 여섯 살 '소니아'라는 아이를 첫 번째 주인으로 인증하지만, 인증한 주인을 위해 살인도 서슴지 않을 정도로 그저 맹목적일 뿐이다. 영화 〈나의 마더^{원제: I am mother}〉에 등장하는 기계 엄마는 프로그램된 목표에 맞지 않는 두 아이를 '처분'하고 주인공인 세 번째 아이를 키운다. 그래서 아이의 이름도 'APX03'이다. 안드로이드가 일상에 깊이 침투한 미래의 모습을 그린 웹툰 〈나노리스트〉에 등장하는 네 살짜리 교육용 안드로이드는 수업 종이 치자 자신보다 더 나이가 많은 학생들의 머리를 출석부로 툭툭 치며 자리에 앉으라고 명령한다. 뭐 지금의 대한민국처럼 지식을 전달해 상급 학교로 진학시키는 것이 교육의 전부라면 안드로이드만한 교사가 또 없겠지만······.

출산 장려금 따위로는 절대 출생률을 높일 수 없다. 서울대 자유전공학부 장대익 교수는 공저로 참여한 저서 『아이가 사라지는 세상』에서 저출생은 정책의 실패가 아니라 진화의 결과라고 주장했다. 출산이, 그리고 육아가 생명을 위협하고 있고, 그 위협으로부터 벗어나기 위해 본능적으로 결혼을, 그리고 출산을 안 한다는 것이다.

얼마 전 동명의 소설을 영화로 만든 〈82년생 김지영〉을 봤다. 보통은 가족과 함께 영화를 보러 가는데, 〈82년생 김지영〉은 도저히 옆지기, 그리고 두 딸과 함께 볼 용기가 나지 않았다. 그 전에 일본군에 의한 성 노예 피해자를 다룬 〈귀향〉을 딸과 함께 보는데, 남자로 태어난 것이 그렇게 미안하고 저주스러울 수가 없었다. 주인공과 비슷한 나이의 딸은 영화를 보고 나와 엄마 가슴에 얼굴을 묻고 한참을 목 놓아 울었다. 필자는 그날 저녁 집에 들어와 짤막한 글을 블로그에 올렸다.

미안하다

내가 인간이라서 자연에게 미안하다
내가 남성이라서 여성에게 미안하다
내가 어른이라서 아이에게 미안하다

살아온 날들이
살아갈 날들에게 말한다

미안하다
미안하다
미안하다[9)]

영화 〈82년생 김지영〉은 남성들에게 대한민국에서 여성으로 산다는 것이 어떤 것인지를 단적으로 보여 준다. 성폭력 강의를 들으며 조선 시대에 태어났어야 한다고 한탄하는 직장 동료, 보채는 아이 때문에 커피를 쏟은 엄마에게 맘충이라고 비난하는 인격 장애자, 회의 중 여성 비하 발언을 개념 없이 남발하는 직장 상사, 여자 화장실에 몰래카메라를 설치한 범죄들은 그래도 비난할 대상이라도 명확하니 사이다 축에 속하는 에피소드라고 할 수 있다. 자신을 쫓아온 남학생이 무서워 울고 있는 딸에게 옷을 단정하게 입고 웃고 다니지 말라고 이야기하는, 그리고 아들이 좋아하는 단팥빵을 딸이 좋아하는 빵이라고 착각하고 있는 아버지나, 일상의 경계를 애매하게 넘나들며 며느리를 불편하게 만드는 시어머니나, 육아 휴직을 쓰고 싶어도 쓸 수 없는 불가항력적 사회 구조는 목이 꽉꽉 메이는 고구마 에피소드다.

주인공 김지영이 목 놓아 여성 해방을 주장하는 강한 캐릭터였다면, 그리고 남편 공유가 전형적인 '한남^{한국 남자를 비하하는 의미의 말}'이었다면 차라리 영화 보기가 편했을까? 막장 드라마를 보듯이 맘껏 욕이라도 하며 영화를 보았을 테니 말이다. 그런데 그러기에 김지영은 바보스러울 정도로 온순하고 공유는 제법, 아니 꽤 훌륭한 남편이다. 특히 남편 공유의 설정은 작가가 숨겨 놓은 "신의 한 수"이다. 남편 공유를 통해 그에 미치지 못하는 남편들의 설 자리를 빼앗는 동시에, 그 불편한 상황의 책임을 개인이 아닌 사회 구조의 문제로 일반화시키는 일석이조의 효과를 거두었다. 대부분의 남편들은 영화를 보는 내내 불편했을 것이다. 뭔가 상황은 막장인데, 욕을 할 대상이 마땅치 않으니 속은 계속 더부룩해 오는데 트림도 방귀도 배출이 안 되고 장에 꾸역꾸역 가스만 차는 느낌이랄까? 그런데 어쩌면 그게 맞는지도 모르겠다. 우리는 늘 가치를 주장하고 신념을 배설하며 사회 구조의 책임을 인격화해 특정 개인에게 전가해 왔고 그래야 쾌변을 본 것 같은 후련함을 느낄 수 있었지만, 그게 정답이 아니었던 거다. 오히려 그로 인해 이 사회의 구조적 모순이 더 복잡하게 꼬여 왔던 거다. 사회 문제 해결에 정답은 없다.

코로나19로 인해 세계가 멎기 전까지 인류는 노동의 목표가 변한지도 모르고 그저 더 많은 잉여 가치를 만들어 내기 위해 질주했다. 코로나19가 지구를 멈춰 세운 지금 우리는 인류의 지속 가능한 번영을 위해 필요한 노동에 대해 고민해야 한다. 장하준은 『그들이 말하지 않는 23가지』에서 인터넷의 발명보다 세탁기의 발명이 인류에게 더 혁신적이었다고 말했다. 필자는 인류에게 가장 필요한 노동은 가정에서 이루어지는 노동이라고 생각한다. 가정에서 이루어지는 노동의 가치를 자본이 인정할 수 없다면 공공 영역에서라도 인정하고, 그 가치에 대한 대가를 지불해야 한다. 출산과 육아, 그리고 가사 노동의 책임을 지고 있는 주부야말로 대체가 불가능한 미래의 키 워커^{Key Worker}이기 때문이다.

기생충과
백수

만약 코로나19가 터지지 않았다면 세계 4대 영화제를 석권한 봉준호 감독의 〈기생충〉 신드롬은 지금까지 쭈욱 이어졌을지도 모른다. 이미 꺼져 재가 되어 버린 그 신드롬을 되살릴 수는 없지만, 사그라든 잿더미 속에서 백수와 관련하여 결코 그냥 넘길 수 없는 몇 가지는 파헤쳐 보겠다.

옆집에서 쓰고 있는 와이파이에 기생하고, 부업이 아닌 '주업'으로 피자 박스를 만들며 지하방에서 살아가고 있는 송강호^{기택} 가족은 온 가족이 집에서 놀고 있는 백수 가족이다. 그러다가 우여곡절 끝에 누가 봐도 부유하게 살고 있는 이선균 가족에 제대로 기생할 기회가 주어진다. 가장 송강호는 능숙한 운전 솜씨와 세련된 화법으로 이선균의 호감을 산다. 송강호의 아내, 장혜진은 지하방에 몸 빼바지를 걸친 아줌마에서 고급 주택의 살림을 책임지는 우아한 가정부로 변신한다. 기택의 아들 기우^{최우식 분}와 기정^{박소담 분}은 이선균의 아내 조여정의 혼을 쏙 빼놓는 탁월한 과외 선생이 된다.

   사실 〈기생충〉이 다루고 있는 '계급'이라는 주제에 몰입해 송강호 가족이 직업도 없이 백수로 사는 불합리한 이유에 대해 생각해 볼 겨를이 없었다. 〈기생충〉에 등장하는 송강호 가족의 면면을 보며 백수는 능력의 문제가 아니라 단지 기회의 문제임을 또, 백수 탈출의 기회가 단지 능력과 관련되어 있지 않음을 보여 준다. 그럼에도 불구하고 봉준호가 설정한 계급의 메타포인 '냄새'로 인해 마지막 장면에서 결국 죽고 죽이는 사달이 난다. 계급에 밴 냄새는 금세 지워지지 않는다. 피지배 계급은 지배 계급의 냄새를 동경하고, 지배 계급은 피지배 계급에서 풍기는 그 퀴퀴하고 이질적인 냄새를 혐오한다. 그 혐오가 송강호로 하여금 계급에 대한 저항을 유발한다. 영화에는 등장하지 않지만 금수저들이 금수저일 수 있는 이유는 우리가 살고 있는 자본주의 사회에 더 많은 기생충들이 존재하기 때문이다. 극소수의 금수저들은 우리 사회에서 절대다수를 차지하고 있는 기생충의 피를 빨아먹으며 존재하고, 기생충들은 다시 그렇게 존재하고 있는 금수저에 기생한다. 우발적이기는 하지만 송강호는 그러한 계급 질서에 저항하다가 제대로 된 피해자가 된다. 자본주의의 피해자가 되지 않기 위해선 그 질서에 저항하지 말아야 한다. 금수저를 물고 태어나지 않았다면 기생하며 사는 것도 답이다. 그래서 더 씁쓸하다. 나 또한 그저 기생충이라는 사실을 받아들이기가 쉽지 않다.

동시대 인간에게 주어진 조건은 인간 개개인의 힘으로 벗어날 수 있는 것이 아니다. 그것은 어쩌면 개개인의 의지와 무관하게 이미 주어진 것들이다. 내가 1619년 아프리카에서 태어났다면 어쩔 수 없이 미국으로 끌려가 노예가 되었을 수도 있다. 그러한 어쩔 수 없는 상황에 누군가는 순응하고 누군가는 저항한다. 한 가지는 분명하다. 저항한다면 그 개인은 희생될 수밖에 없다. 그 희생의 결과가 만들어 낸 떡고물은 억압에 순응해 왔던 비겁한 인류가 받아먹는다. 그것이 인류의 역사이다. 용감한 유전자를 가진 몇몇 오스트랄로피테쿠스는 나무 위에서 생활하고 있는 동족들의 만류에도 불구하고 나무 아래를 개척하다 죽어 갔다. 나무 아래를 개척한 용감한 유전자들의 희생 덕에 비겁한 유전자는 살아남아 찌질한 그들끼리 또다시 우월과 열등을 나눈다. 그것이 바로 계급이다.

계급 사회의 가해자가 될 것인지, 계급 사회에 몸을 던져 저항하는 피해자가 될 것인지, 아니면 계급 사회에 어쩔 수 없이 순응하는 기생충이 될 것인지……. 봉준호 감독은 영화 〈기생충〉을 통해 우리 모두에게 계급에 대한 입장을 묻는 듯하다. 계급 사회를 살아가고 있는 천태만상의 인간들 중, 백수는 그동안 존재하지 않았던 새로운 길을 개척하고 있는지도 모른다. 백수는 계급 질서 속에서 가해도, 피해도, 기생도 아닌 그 질서 자체를 무시한다. 때로는 무엇을 할 용기보다 무엇을 하지 않을 용기가 더 필요할 때가 있다. 수렁에서 빠져나오기 위해 몸부림치면 칠수록 더 빨리 수렁으로 빨려 들어가는 것과 같은 이치다. 차라리 아무것도 하지 않으면서 도와줄 누군가를 기다리는 것이 더 좋은 결과로 이어질 수 있다. 백수로 살기 위해선 기존 질서를 무시할 수 있는 용기가 필요하다.

109

포스트 코로나[10] 시대의
백수

대한민국은 OECD 국가 중에서도 노동 시간이 길기로 유명하다. 2007년까지는 늘 부동의 1위를 차지하다가 2008년 멕시코에 1위를 내주었다. 그리고 2015년 다시 정상을 탈환한 후 이듬해에 2위를 기록하다가 2018년 워라밸[work-life balance]이 사회적 트렌드가 되면서 5위로 내려왔다. 그렇게 악착같이 일을 해서일까? 대한민국 경제는 가파르게 성장해 이미 선진국 문턱에 들어섰다. 그러던 중 코로나19가 터졌다. 그리고 대한민국은 명실상부 세계를 선도하는 코로나19 선진국이 되었다.

필자가 직장에 다닐 때, 필자가 속한 부서의 부서장은 퇴근하기 전에 사무실을 둘러본 후 다음날 자신보다 일찍 퇴근한 직원을 불러 면담을 했다.

백수의 사회학, 나는 백수다

"요즘 일이 할랑할랑한가?"

면담을 마치고 난 후 필자는 아주 급한 일이 아니면 부서장보다 먼저 퇴근한 날이 없었던 것 같다. 그때는 필자도 그렇게 살아야 하나 보다 생각했다. 하지만 백수가 되어 생각해 보니 그게 나를 위해서나 회사를 위해서나, 나아가 국가를 위해서도 참 바보 같은 짓이었다는 걸 깨닫게 되었다.

첫째, 장시간 노동은 노동의 질을 떨어뜨린다.

삼성이었나? 어떤 직원이 오랜만에 사무실을 찾은 사장에게 자신은 회사를 위해 열심히 야근을 하고 있다고 어필했다가 짤렸다는 이야기를 들은 적이 있다. 맞는 말이다. 삼성이 괜히 삼성이 아니다. 사실 8시간 안에 끝낼 수 있는 일을 퇴근 시간 이후까지 하는 사람은 능력이 없는 사람이 맞다. 필자는 부서장과의 면담 이후 퇴근을 늦게 하기 위해 노동의 질을 조정했다. 사실 노동의 질과 시간의 상관관계는 밝혀진 바가 없다. '아카데미 증후군'이라는 것도 있다. 비슷한 능력의 두 팀에게 같은 프로젝트를 맡겼는데, 한 팀은 일주일을 주고 다른 한 팀은 한 달의 기간을 준 후 결과를 비교했더니 크게 차이가 없었다는 것이다. 대한민국이 한 단계 더 도약하려면 노동의 질을 시간과 연동하는 관성에서 하루빨리 벗어나야 한다.

둘째, 초과 근무는 회사의 운영 비용을 증가시킨다.

공무원은 초과 근무를 하면 꼬박꼬박 수당이 나온다. 그래서 예전엔 초과 근무 수당을 챙기기 위해 꼼수를 쓰는 공무원도 많이 있었다고 한다. 하지만 대부분의 사기업은 초과 근무를 하더라도 별도의 수당을 지급하지 않는 총액임금제를 선택한다. 즉 연봉 계약을 통해 1년간 해야 하는 모든 노동에 대한 비용을 퉁친다. 그렇다고 하더라도 야근을 하는 직원에게 식대를 지급하지 않는 야박한 회사는 없다. 직원들은 상사에게 찍히지 않기 위해 과잉 노동을 하며, 여름엔 빵빵하게 에어컨을, 겨울엔 뜨끈뜨끈하게 온풍기를 틀어 가며 회사 비용으로 맛있는 밥도 먹는다. 그 시간에 정말 회사를 위해 노동을 하는지, 쾌적한 환경에서 여가를 즐기는지는 확인할 길이 없다. 패스트푸드는 음식 앞에 맛이 아닌 '패스트'라는 시간이 수식한다. 밥 먹는 시간도 아껴 노동을 하라는 이유로 시작되었는지는 모르지만, 최근 야근이 금지된 선진국에서는 시간 안에 빨리 정해진 일을 마쳐야 하기 때문에 패스트푸드를 먹는다는 이야기를 들은 적이 있다.

셋째, 야근은 소비 생태계를 파괴한다.

2019년 혁신교육지방정부협의회 주관으로 소위 교육 선진국이라는 덴마크와 핀란드를 다녀온 적이 있다. 저녁 6시 즈음 코펜하겐 공항에 도착해 숙소로 향하는데, 도로가 한산했다. 현지 가이드는 덴마크는 3시가 퇴근 시간이라 러시아워가 3시라고 설명해 주었다. 2018년 기준으로 우리나라의 1인당 국민 소득은 3만 달러이고, 덴마크의 1일당 국민 소득은 6만 달러로 덴마크가 딱 우리의 두 배다. 덴마크 사람들은 일을 어떻게 하길래 야근도 안 하고, 더구나 3시에 퇴근을 하면서도 우리나라보다 두 배나 잘 살 수 있을까? "구슬이 서 말이라도 꿰어야 보배"라는 말이 있다. 아무리 열심히 노동을 해 물건을 만들어 내도 그걸 소비할 시간이 없다면 경제는 돌아갈 수 없다. 직장인들을 밤에도 붙들어 놓으면 퇴근 후 할 수 있는, 특히 대중 문화 소비가 위축될 수밖에 없다. 예술의 전당이나 세종문화회관은 그런대로 유지가 되는데, 대학로에서 연극을 하는 예술가들이 배를 곯을 수밖에 없는 이유이다.

얼마 전 은퇴 후 귀농을 하신 한국을 대표하는 아나키스트, 박홍규 교수님을 모시고 스터디를 한 적이 있다. '한국사회연찬'이라고 대한민국을 대표하는 석학들의 발제를 듣고 토론을 하는 스터디였다. 스터디가 끝난 후 자연스럽게 코로나19 이야기가 나왔다. 박홍규 교수님은 딸이 주재원인 남편을 따라 베트남(?)에 가 있는데, 코로나19 때문에 재택근무를 하는 남편과 집에서 복작대고 있다고 했다. 그런데 코로나19 이전엔 아침 일찍 나가 자정이 다 되어서 들어오던 남편이 재택근무를 하며 일하는 시간이 딱 5분이라는 것이다. 메일 확인하고, 결재하고…….

코로나19로 인해 학교도 온라인 개학을 했고, 재택근무를 하는 사람들이 늘어났다고 한다. 과장이긴 하겠지만, 우리는 다양한 과학 기술의 발달로 과거보다 더 적은 노동을 통해 많은 효과를 낼 수 있는 시대에 살고 있다. 인류가 함께 개척해 온 문명의 결과를 적당히 분배할 수만 있다면 많은 사람들이 백수처럼 살아갈 날도 곧 도래하지 않을까? 하루에 1시간 일하고 나머지는 여가를 누려야 하는 그런 시대 말이다. 갑자기 그런 시대가 들이닥치지는 않겠지만, 어쩌면 백수들은 인간이 해야 할 새로운 노동을 개척하기 위해 헌신하고 있는지도 모른다. 바로 여가라는 노동을…….

백수의 시간은
돈이다

　우리는 백수의 시간을 지나치게 함부로 사용하는 경
향이 있다. 심지어 백수에게 열정 페이를 요구하는 하늘
과 땅이 함께 노할 짓을 하는 분도 적지 않다. 필자는 얼
마 전 평소 알고 지내던 한 선배로부터 전국 지방 자치 단
체 대상으로 정책 평가를 하는 심사를 부탁받은 적이 있
다. 필자는 거절하는 것이 익숙하지 않아 일단 승낙을 했
다. 그런데 막상 심사를 하고 보니 일 양이 장난이 아니었
다. 무려 51개의 신청서와 증빙 자료를 검토해야 했다. 주
어진 시간도 넉넉하지 않았다. 필자는 마침 찾아온 연휴
에 밤늦게까지 일을 해야 했다. 백수가 야근이라니…….
옆지기에게도 핀잔을 들었다.

"남들 일할 땐 놀더니, 왜 애들 노는 날 일을 해? 돈은 많이 준대?"

돈? 심사비? 아무리 선배라도 일을 시켰으니 돈은 주겠지? 필자는 혹시나 싶어 선배에게 카톡으로 심사비 여부를 물었다. 노동의 대가에 대해 직접 물어보는 건 아무리 해도 익숙해지기가 쉽지 않다. 선배는 심사비는 있지만 액수는 많지 않다는 답변을 보내왔다. 필자는 현재 백수인 필자의 상황을 어필하고 정확한 액수를 물었다. 선배는 액수를 알려 주는 대신 공덕을 쌓으라는 황당한 답변을 보내왔다. 헐~

어쨌든 하기로 했으니 일은 해야 했다. 이틀 동안 51개의 신청서를 읽었다. 처음엔 증빙 자료까지 꼼꼼히 챙겨 봤는데, 물리적으로 도저히 심사 마감 시간을 지킬 수가 없을 것 같아 나중에는 신청서만 빠듯하게 읽었다. 그리고 채점을 하고 심사평을 적어 이메일로 보냈다. 그게 끝이 아니었다. 서류 심사를 통과한 자치 단체와 의원은 직접 면접을 해야 했다. 이틀에 걸쳐 면접 심사를 했다. 그리고 대상 후보 지역에 대한 실사까지……. 며칠 후 통장을 확인해 보니 20만 원이 찍혀 있었다. 순간 생각했다.

'아, 내 노동 가치가 이 정도구나!'

심사에 열중하느라 몇 개의 다른 일거리를 거절하기도 했다. 꼬박 5일을 넘게 일을 했는데 20만 원이라니⋯⋯. 시간당으로 따져 봐도 최저 임금에 미치지 못하는 액수였다.

노동의 대가를 당당히 요구해야 하지만, 그렇다고 필자가 돈만 밝히는 것은 아니다. 사실 기꺼이 열정 페이를 받으며 참여하고 있는 일이 더 많다. 얼마 전에 참여한 한 회의에서는 행사 홍보를 위해 리플릿을 만들어야 하는데, 표지에 쓸 사진의 해상도가 너무 낮았다. 필자는 디자이너를 하다가 놀고 있는, 나와는 나이 차이가 제법 나는 후배에게 혹시 포토샵으로 보정을 해 줄 수 있는지 물었다. 후배는 기꺼이 해 주겠다고 대답을 했다. 결국 그 후배가 작업한 파일이 쓰이지 않았다. 그렇다고 열정 페이를 받고 참여하고 있는 단체에 비용을 요구할 수도 없었다. 필자는 개인 돈으로 그 후배에게 10만 원을 보내 주었다. 내가 겪은 좌절을 같은 백수로 살아가고 있는 후배에게 똑같이 물려주고 싶지 않아서였다.

회사를 다니는 사람은 직장에서 숨만 쉬어도 월급을 받

을 수 있다. 하지만 백수는 그렇지 않다. 백수에겐 모든 시간이, 선택이, 장소가 돈과 직결되어 있다. 밖에 나가 분식집에서 라면을 사 먹느냐, 아니면 집을 나가기 전 고추장에 비벼서라도 한 끼 때우고 나가느냐는 백수에겐 하늘과 땅 차이다. 그래서 필자는 쌀이 평소보다 빨리 떨어진다는 옆지기의 말을 슬쩍 흘리며 밖에 나가기 전에 무조건 한 끼는 챙겨 먹는다. 프리랜서로 잘 나가는 백수도 있겠지만, 대부분의 백수는 필자와 비슷하게 자신의 시간이 곧 돈임을 주장하고 증명하며 살아간다. 그러니 부탁하건데, 제발 백수의 시간을 무겁게 여겨 주시라!

2부

역사를 바꾼 백수들

영웅은 시대가 만들고, 시대는 백수가 바꾼다!

　얼마 전에 재미있게, 그리고 의미심장하게 읽은 책이 하나 있다. 제목부터 도발적인 하완의 『하마터면 열심히 살 뻔했다』이다. 나를 비롯한(?) 젊은이들은 열광했고, 소위 기성세대의 꼰대들은 끌끌 혀를 찼다. 한 보수 신문의 논설위원은 책 제목을 보고 귀신 씨나락 까먹는 소리라며 "어떤 정권이 젊은이에게 이마에 땀을 흘리라고 요구하기보다는 현금을 살포하듯이 나눠 주고, 세금으로 잠시라도 채용해서 무작정 달달한 일자리 숫자를 늘려 가며 묻지 마 복지의 폭을 자꾸만 확대하다 보면 '하마터면 열심히 살 뻔했다'는 책 제목을 오해하면서 맥이 탁 풀리게 된다.[11]"며 우려를 드러냈다. 우려하는 마음에 대해 어렴풋이 이해가 가기도 한다. 젊은 세대들이 열심히 일을 해야 은퇴 후 연금이라도 받을 수 있을 텐데, 대놓고 열심히 살지 않겠다니 기가 차지 않겠는가! 그렇다면 사정이나 부탁을 해야지 혀를 차서야 되겠는가? 지금이 농경 시대도 아니고. 끌끌⋯⋯.

고백하자면 지금 백수에 대한 글을 쓰고 있는 필자는 개인적으로 하완의 명저, 『하마터면 열심히 살 뻔했다』를 롤 모델로 삼고 있다. 감히 그만큼 주목을 받겠다는 의미가 아니다. 그저 글을 통해서라도 헬조선을 물려준 기성세대의 한 사람으로서 이 시대를 살아가고 있는 청년들에게 사과를 하고 싶었다.

하마터면 열심히 산 게 아니라, 필자는 시대에 묻어 있는 단물을 쪽쪽 빨아먹으며 대충대충 살아왔다. 중·고등학생 때는 친구들과 입시 경쟁이 아닌 농구에 더 몰두했다. 그럼에도 불구하고 필자는 운 좋게도 지금은 하늘에 별 따기만큼 어렵다는 인 서울 대학에 들어갔다. 대학생 때도 강의실보다는 캠퍼스에서 족구를 하는 시간이 더 많았다. 학점도 4.5 만점에 2점대에 그쳤음에도 불구하고 대기업은 아니지만, 직장을 잡는 데 큰 어려움이 없었다.

잠깐 에피소드를 말하자면 필자는 사실 졸업 후 취업을 할 생각이 별로 없었다. 그런데 사업을 하고 있는 한 선배가 필자를 불렀다.

역사를 바꾼 백수들

81

선배 : 너 이제 뭐 하고 살끼고? (선배 고향이 부산이다.)

필자 : 글쎄요……. 음악 공부나 할까 생각 중인데요?

선배 : 그러지 말고 나랑 함께하자.

필자 : …….

선배 : 내는 너를 통해 내 꿈을 이루고 싶다. 니는 내를 통해 꿈
　　　을 한번 이뤄 보면 어떻겠냐? 내 니가 하고 싶은 음악 공부 지
　　　원해 줄끄마.

　　만약 지금의 아이들이 타임머신을 타고 가 기성세대의
학창 시절을 본다면, 세대 갈등이 더욱 심해지지 않을까?

　　비슷한 설정의 영화가 있다. 바로 윤제문과 정소민이
주연한 〈아빠는 딸〉이라는 영화다. 영화 속에서 죽어라
공부만 해도 꼴등을 면치 못하는 딸의 친구에게 다른 친
구가 이렇게 충고한다.

　　"야, 솔직히 지금보다 어떻게 더 열심히 하나? 야, 안경미 공
부하지 마. 뭐 적성이 아닌가 보지. 그리고 공부 열심히 해 봤자
뭐하냐? 어차피 인생의 종착역은 치킨집인데……. 인문계, 경영
대학, 대기업, 치킨집! 자연계, 공대, 대기업, 치킨집! 그래서 나
는 하고 싶은 거 실컷 하다가 우리 집 치킨 가게나 물려받으려
고."

하완 작가가 마치 혼자 삐죽 튀어나온 못처럼 제목을 기가 막히게 뽑아 괜히 정을 맞았지만, 최근에 필자가 읽어 본 대부분의 책에서는 성공은 '노오력'이 아니라 그저 우연의 결과이며, 자기 계발은 구조의 책임을 개인에게 전가하는 매우 비겁한 채찍질이라고 지적한다.

IMF 이후 출판 시장은 학습지와 자기 계발서가 휩쓸었다고 해도 과언이 아니다. 그 사이를 학습 만화가 슬쩍 비집고 들어왔다. 일반적인 자기 계발서가 성인들을 대상으로 더 열심히 달려야 한다고 채찍질을 했다면, 학습지는 중·고등학생들에게, 학습 만화는 유·초등학생들에게 무한 경쟁 시대에 생존하려면 남들보다 더 빨리, 더 먼저 달려야 한다며 채찍질한다. 조엘 오스틴은 2005년, 『긍정의 힘』으로 무한 경쟁의 시대를 긍정했고, 론다 번은 2007년 세계 1% 부자들의 성공 『시크릿』을 공개해 자기 계발서로 세계를 점령했다.

보다 못한 미국의 사회 비평가 바버라 에런라이크는 자본주의와 철저한 공생 관계를 맺고 있는 긍정 이데올로기의 문제점을 『긍정의 배신』이라는 책에 담아 자기 계발이라는 채찍질에 브레이크를 걸었다. 사실 더 이상 아무리 채찍질을 해도 달릴 힘이 남아 있지 않다. 제자리에 멈춰 서고 나니 보인다. 열심히 달리고 있으면 자전거가 추월하고, 열심히 자전거 페달을 밟으면 자가용이 추월하

고, 빚을 내 자가용을 사고 나면 비행기가 추월하고, 비행기는 다시 로켓이 추월한다는 사실을……. 한 마디로 아무리 뛰어 봐야 결국 나는 놈을 잡지는 못한다는 얘기다.

백수도 백수 나름이다. 달리다 지쳐 멈춘 중년 백수도 있겠지만, 달릴 수 있는 기회조차 주어지지 않은 청년 백수가 태반이다. 무한 경쟁의 수레바퀴에서 빠져나온 중년 백수 하완은 자신의 경험을 담아 경쟁의 수레바퀴에 올라타기 위해 줄 서 있는 청년들에게 이야기한다. 무작정 경쟁의 대열에 합류하지 말고 왜 달리려고 하는지를 먼저 생각해 보라고…….

시대가 영웅을 만든다고 했던가? 시대는 늘 자신이 위험에 처했을 때 그럴듯한 영웅을 만들어 위기를 극복해 왔다. 하지만 영웅은 시대의 잘못된 구조를 변화시키지 못한다. 아니 않는다. 오히려 자신을 만든 시대에 충성한다. 고담 시의 우울한 영웅, 배트맨은 그저 자본가의 지위를 유지하기 위해 도시를 지킬 뿐이다. 슈퍼맨의 부모는 결국 사회 구조의 모순으로 인해 몰락한 크립톤 행성의 멸망을 막지 못한 채 자신의 아이를 지구로 빼돌렸다. 스파이더맨의 활동 배경이 높은 빌딩이 솟아 있는 뉴욕이 아니라 작은 농촌이었어도 영웅 대접을 받았을까? 영화 〈조커〉를 보신 분들은 느꼈을 것이다. 악당이야말로 불평등한 시대가 만든 진정한 피해자라는 사실을…….

　한낱 영웅은 시대의 산물일 뿐이지만 백수는 그 대단한 시대에서 비켜나 있는 사람들이다. 만약 누군가 수레 안에서 문제를 제기를 한다면? 그 사람은 시대가 만든 영웅들에 의해 다구리를 당할 것이다. 자본주의라는 수레를 굴리고 있는 에너지는 경쟁이다. 자본주의가 갱년기에 접어들고 있는 지금, 멈춰 서서 문제를 들여다봐야 하는데, 오히려 무한대의 에너지를 요구하고 있다. 하나둘 무한 경쟁의 수레에서 내려야 의미 없는 채찍질을 멈출 수 있다. 빈 수레에 채찍질을 해서 무엇하겠는가? 그러니 벼랑으로 향하고 있는 시대의 수레바퀴를 멈추기 위해서라도 만국의 백수들에게 부탁하노니……. 절대 기죽지 마시라! 영웅은 시대가 만들고, 그 시대를 만들어 온 것은 시대에서 벗어나 있는 백수였으니…….

202

역사를 바꾼
백수들

　그래도 그렇지. 아무 것도 하지 않아 손이 하얗다는 백수 따위가 과연 역사를 바꿀 수 있을까? 앞에서도 언급했지만 역사를 지키는 것이 영웅의 역할이었다면 역사를 바꾼 것은 언제나 백수의 몫이었다. 인류가 기차 위에 올라타 끊어져 있을지도 모르는 철로 위를 질주하고 있다면, 누군가는 기차를 세워야 한다. 기차를 세울 영웅이 없다면 열차에서 뛰어내리기라도 해야 한다. 뛰어내리는 것이 무서우면 지금처럼 코로나19로 인해 잠시 멈춰 섰을 때 슬며시 내리자. 사람이 내리면 기차는 달릴 목적을 잃는다. 기차가 움직인다고 아무 목적 없이 기차에 올라타는 우를 다시 범하지는 말자. 사실 기차에 올라탄 목적이 분명한 사람은 기차를 세울 수 없다. 아니 기차를 세워야 한다는 필요 자체를 못 느낀다. 기차를 세울 수 있는 사람은 영문도 모르고 기차에 올라타 마땅히 기차 안에서 할 일이 없는 백수들이다.

1980년대 일요일 아침 지금의 586세대를 깨운 것은 스마트폰이 아닌 〈은하철도 999〉라는 TV 애니메이션이었다. 필자는 일요일 아침 8시에 부모님이 주무시는 방에 몰래 들어가 볼륨을 부모님의 숨소리 크기에 맞춰 놓고 〈은하철도 999〉를 보았던 기억이 난다. 주인공 철이는 기계 인간이 되기 위해 메텔을 따라 은하철도 999에 탑승하지만, 사실 메텔의 임무는 엄마인 프로메슘의 지시에 따라 기계 제국의 부품이 될 인간을 조달하는 것이었다. 〈은하철도 999〉에 등장하는 우주만큼이나 복잡해진 세상에 살고 있는 우리는 철이처럼 행선지를 알 수 없는 기차에 무작정 올라타기에 바쁜 것은 아닐까?

기차에 오른 이유를 마땅히 알 수 없다면 과거에 기차를 세웠던 사람들을 한번 떠올려 보자. 기차가 없던 시절 많은 사람들은 역사를 수레바퀴에 비유했다. 생각해 보면 지금도 사람들의 입에 회자되는 유명한 철학자들은 역사의 수레바퀴를 굴리기 위해 노력한 사람들이 아니라, 대부분은 한 발짝 물러서서 굴러가는 수레바퀴를 멀뚱히 관찰한 사람들이었다. 역사를 지키는 것이 영웅들에게 주어

진 사명이었다면 역사를 바꾸는 것은 언제나 백수들의 몫이었다. 그 중에서 가장 영향력이 큰 4대 백수를 소개한다. 우리는 이 위대한 4명의 백수를 다른 말로 4대 성인이라고 부르기도 한다. 바로 소크라테스, 예수, 석가모니 그리고 공자다. 서양 철학의 초석을 다진 소크라테스와 그의 제자 플라톤이 농사를 지었는가? 예수가 멀쩡하게 고기를 잡고 있는 베드로를 비롯한 열두 제자와 백수로 살지 않고 바리새파처럼 율법에 빠져 살았다면 기독교가 세계인의 종교가 되었을까? 동양으로 건너와 보자. 필자는 공자나 맹자, 노자, 장자가 당시의 질서를 지키기 위해 열심히 노동을 했다는 소릴 들어 본 적이 없다. 불교를 창시한 석가모니, 싯다르타 가우타마는 뭐 태생이 왕자니 그렇다 쳐도……. 물론 필자가 무지해서 그들의 노동을 모르는 것일 수도 있다.

영웅이 질서에 순응하는 자라면, 백수는 질서에서 떨어져 나와 멈춰 서 있는 자다. 대부분의 사람들은 시대에 순응하며 살아간다. 시대에 순응할 수 없는 고통이 시작되면 영웅이 등장해 시대의 문제를 구조가 아닌 악당에게 전가한다. 그리고 영웅은 시대 구조의 피해자인 악당을 응징하며 자신의 필요성을 대중들에게 각인시킨다. 시대는 생산관계라는 단단한 용기容器와 상부 구조라는 유연한 액체의 결합이다. 하나의 시대가 시작된다는 것은 새로운 용기에 새로운 액체가 담기는 것이다. 새로운 시대가 시작되면 누군가는 시대에 저항하거나, 누군가는 시대에 적응하거나, 또 누군가는 시대를 벗어나기 위해 살아간다. 그래서 모든 시대에는 전前시대와 현現시대와 탈脫시대가 공존한다. 상부 구조라는 액체는 생산관계라는 용기 안에서 조금씩 차오르며 비로소 단단한 용기를 깨뜨릴 에너지를 갖는다.

우리가 살고 있는 시대의 용기는 당연히 자본주의다. 자본주의는 제국주의, 수정 자본주의를 거쳐 현재는 신자유주의에 이르렀다. 신자유주의가 만든 양극화의 피해자들은 아무리 고통스러워도 익숙한 고통에서 벗어날 생각을 하지 않는다. 그렇다면 이 고통의 시대를 끝낼 수 있는 사람들은 누구일까? 바로 백수들이다. 그러니 만국의 백수들이여 단결하라!

203

영웅을 바라보는
새로운 관점

2019년 말 중국 우한에서 시작된 코로나19가 2020년을 점령하고 있다. 코로나19로 인해 세계는 유례없는 록다운 상태에 돌입했으며, 많은 사람들이 다시는 코로나19 이전의 세상으로는 돌아갈 수 없다고 말한다. 지구적 관점에서 보면 인간이 바이러스고 코로나19야말로 백신이라고 이야기하는 사람도 있다. 필자가 기억하는 가장 강렬한 환경 보호 표어는 바로 "지구가 아파요"라는 말이다. 사실 지구는 아프지도 않으며 아프다고 해도 그 아픔을 느끼지도, 표현하지도 못한다. 자연환경이 파괴되면 파괴된 자연환경 속에서 살아가야 할 인간이 고통을 받는다. 그렇다고 "인간이 아파요"라고 하면 환경 보호의 의미를 제대로 전달할 수 없다. 그래서 인간이 받을 고통을 슬쩍 지구에게 떠넘긴다. 혹시 인류를 절망의 벼랑으로 몰아붙이고 있는 코로나19는 눈에 보이지 않는 절대자가 자연환경을 파괴하고 있는 인류의 개체 수 조절을 위해 나선 결과는 아닐까?

코로나19 이전에도 인류의 자연 침공을 우려하는 목소리는 많이 있었다. 2015년 UN에서는 인류의 지속 가능한 발전을 위한 17개의 목표를 발표했는데, 17개의 목표 중 무려 7개는 환경 관련 지표이다.[12] 인류가 지속 가능한 발전을 유지하기 위해 할 수 있는 가장 적극적인 행위는 사실 인류의 개체 수 조절이 아닐까? 슈퍼컴퓨터에게 수많은 정보를 입력한 후 지구를 되살릴 방법을 물었다. 오랫동안 연산을 반복하던 슈퍼컴퓨터는 다음과 같은 답을 제시했다.

"인류를 죽여라!"

긍정할 수도, 부정할 수도 없는 답이다. 실제로 인류 말살까지는 아니어도, 최근 인류[지구?]가 처한 환경적 위기를 인류의 개체 수 조절로 극복해야 한다는 내용의 영화가 부쩍 등장한다. 내가 기억하는 첫 번째 영화는 〈킹스맨, 시크릿 에이전트[2015년]〉다. 그리고 미션 임파서블의 여섯 번째 에피소드인 〈폴아웃[2018년]〉과 어벤저스 시리즈의 마지막 에피소드인 〈인피니티 워^{2018년}〉와 〈엔드 게임²⁰¹⁹〉도 같은 맥락의 주제를 담은 영화라고 볼 수 있다. 사실 최초의 인류 개체 수 조절 시도는 구약에 나오는 노아의 방주 이야기라고 할 수 있다.

여호와께서 사람의 죄악이 세상에 관영함과 그 마음의 생각의 모든 계획이 항상 악할 뿐임을 보시고 땅 위에 사람 지으셨음을 한탄하사 마음에 근심하시고 가라사대, "나의 창조한 사람을 내가 지면에서 쓸어버리되 사람으로부터 육축과 기는 것과 공중의 새까지 그리하리니, 이는 내가 그것을 지었음을 한탄함이니라" 하시니라. 그러나 노아는 여호와께 은혜를 입었더라.

- 〈창세기〉 6:5-8

최근엔 주로 문화 콘텐츠를 통해 이루어지는 인류의 상상이 두려운 까닭은 인간은 절망 속에서도 희망을 꿈꿀 수 있는 유일한 지구 생명체이고, 지금의 문명은 인류가 단지 꿈을 잘 꾼 결과라고 해도 과언이 아니기 때문이다. 필자는 문화 콘텐츠를 통해 표현되는 디스토피아에 대한 인류의 상상이 두렵다. 그 상상이 언젠가는 현실이 될 수도 있기 때문이다. 그렇다면 문화 콘텐츠를 통해 소개되는 영웅들의 활약상을 약간 다른 관점으로 한번 살펴보자.

인구를 줄여 지구를 살려라
〈킹스맨, 시크릿 에이전트〉

인류 말살 계획을 세운 리치몬드 발렌타인(사무엘 잭슨 분)은 전 세계 모든 사람들에게 무료 통화와 무료 인터넷을 평생 사용할 수 있는 SIM 카드를 나눠 준다. SIM 카드에서 나오는 신경파로 인간의 공격성을 자극해 서로를 학살하게 만들어 인류 개체 수를 조절하겠다는 것! 발렌타인은 자신의 계획에 동조하는 세계의 고위층을 안전한 벙커로 초대하고, 초대를 거부하거나 초대받을 자격이 없는 사람은 인공위성을 이용해 SIM 카드를 활성화시켜 말살하려다가 주인공, 에그시의 영웅적 활약에 의해 저지당한다.

"바이러스에 감염되면 몸에서 열이 나는데, 몸이 체온을 올려서 바이러스를 죽이려는 거죠. 지구도 똑같이 작용합니다. 지구 온난화는 열이고, 인류는 바이러스죠. 지구를 아프게 하는 바이러스예요. 도태만이 유일한 희망이죠. 우리가 직접 인구를 줄이지 않으면 예상 가능한 결과는 둘 중 하나예요. 숙주가 바이러스를 죽이거나, 바이러스가 숙주를 죽이는 거죠. 어느 쪽이 됐든 똑같아요."

- 〈킹스맨, 시크릿 에이전트〉 중 발렌타인의 대사

〈킹스맨〉은 다양한 장면에서 스파이 영화의 원조 〈007 시리즈〉를 오마주한다. 그리고 리치몬드 발렌타인은 창세기에서 인류 말살 계획을 세운 여호와와 방주를 만들었던 노아의 오마주라고 할 수 있다. 그때나 지금이나 다 똑같은 사람인데, 세상을 물바다로 만들어 인류를 말살한 여호와는 선이고, 같은 생각을 가진 발렌타인은 악이라니…… 인간의 목숨 값은 시대에 따라, 또는 관점에 따라 달라지나 보다.

사상의 자유를 억압하다
〈미션 임파서블, 폴아웃〉

〈미션 임파서블, 폴아웃〉의 인트로……. 극단적 아나키스트 델부룩 박사는 존 라크의 선언문을 방송에서 읽어 주면 핵무기를 통해 인류 말살 계획을 세우고 있는 존 라크에 대한 정보가 들어 있는 휴대 전화의 접속 코드를 알려 주겠다고 이단^{톰 크루즈}을 협박한다. 이단은 분노하지만 어쩔 수 없이 델부룩 박사의 제안을 받아들인다.

거대한 고통이 선행되지 않으면 평화를 이룰 수 없다. 고통이 클수록 평화도 더 확고해진다. 인간은 등불 앞 나방처럼 자기 파괴에 이끌리기에 평화의 수호자라는 교회, 정부, 입법부는 인간의 자기 파괴를 막기 위해 끊임없이 노력해 왔다. 그러나 재앙을 피하려는 노력은 평화를 지연시켰을 뿐이다. 평화는 포화 속을 지나서만 도달할 수 있다. 내가 초래하는 고통은 종말의 시작이 아닌 상호…… 궁극적 인류애의 첫 발걸음이 될 것이다. 내가 초래하는 고통은 완벽한 평화로 가는 다리이며…….

- 존 라크의 선언문

델부룩 박사가 방송을 보고 흡족해 하며 이단에게 접속 코드를 알려 주자 사방의 벽이 쓰러진다. 방송 세트장을 꾸며 놓고 실제로 방송이 나간 것처럼 트릭을 쓴 것이다. 영화를 보면서 난 존 라크의 선언문이 나름 설득력이 있다고 느꼈다. 그리고 그걸 막고 있는 이단을 보며 과거 군사 정권 시절의 안기부가 떠올랐다. 내가 미친 것일까? 정의의 사도 '이단 헌트'를 의심하다니…….

그저 국가 기관에 충성할 뿐인 이단 헌트에게 무슨 잘못이 있겠는가? 그런데 국가는 무엇이 두려워 존 라크의 선언문이 대중들에게 전달되는 걸 막대한 비용까지 들여 가며 방해했을까? 혹시라도 선언문의 내용처럼 교회, 정부, 입법부 즉, 신념^{종교}, 권력^{정부}, 제도^{입법부}가 특정 계급의 이익을 위해 결과적으로 평화를 지연시키고 있다는 것을 이미 알고 있고, 그 사실이 대중들에게 폭로되면 안 되기 때문은 아닐까? 〈킹스맨, 시크릿 에이전트〉의 악당이 '발렌타인'이라면, 미션 임파서블에 등장하는 대표 악당은 바로 '존 라크'다. 둘 다 악당이지만 차이가 있다. 발렌타인이 기득권층을 대변하는 악당이라면, 존 라크는 단단한 신념, 권력, 제도에 의해 피해를 보고 있는 다수의 기층 민중을 대변한다. 사실 '있는 것'들은 지구의 생태계가 파괴되어 이상 기후에 시달리더라도 빵빵한 에어컨과 안락한 자동차를 이용하며 큰 불편 없이 지낼 수 있다. 필자와 같은 신세의 백수들이 걱정이지…….

사심 없이 공정하게
우주의 문제를 해결한 '타노스'

〈어벤저스 엔드 게임〉의 초반에 등장하는 타노스를 보면 그가 정말 악당일까 하는 의구심이 든다. 그는 우주 생태계를 지속 가능하게 유지하기 위해 자신의 딸까지 희생시켜 가며 인피니티 스톤을 모았고, 여섯 개의 스톤을 다 모은 후 손가락을 튕겨 매우 공정하게 전 우주의 생명체 중 딱 절반을 랜덤하게 소멸시킨다. 적어도 그는 자신이 가지고 있는 어마무시한 힘을 자신을 위해 사용하지 않았다. 그리고 우주를 위해 자신의 힘을 사용하고 난 후 조용히 자연과 함께 살아가다가 토르의 도끼에 목이 잘려 죽는다. 그런데도 진정 타노스가 악당일까? 그렇다면 과거에 신적 사심으로 인류의 대부분을 수장시킨 그 절대자는? 아무래도 매일 의심하고 주저하기를 실천하다 보니 내가 넘지 말아야 할 선을 자꾸 넘는 것 같다.

〈킹스맨, 시크릿 에이전트〉의 '발렌타인'과 〈미션 임파서블〉의 '존 라크', 그리고 〈어벤저스 인피니티 워〉와 〈엔드 게임〉의 '타노스'는 모두 각각의 영화 속 세계관에 등장하는 악당이다. 〈킹스맨, 시크릿 에이전트〉의 발렌타인은 내가 생각해도 의심의 여지없는 악당이라는 생각이 들지만, 존 라크와 타노스가 악당이라는 데 선뜻 동의하기 어렵다. 물론 그들의 방식에 동의하는 것은 아니지만, 현재의 질서 안에서 혜택을 누리며 그 질서를 지키기 위해 애를 쓰는 이단 헌트와 어벤저스의 영웅들이 지키고자 하는 것은 인류와 자연일까? 아니면 고통을 향해 질주하고 있는 신자유주의 질서일까?

204

중세를 무너뜨린 백수, 부르주아지

백수가 아니었을 땐 별로 활동을 하지 않던 나의 JQ^{잔대}가리가 현재 백수 상태인 나를 지키기 위해 미친 듯이 활동하고 있다. 그래서 피곤한가? 과거에도 비슷한 경험을 했었던 것 같다. 이른바 담배를 끊으라는 주변의 압박에 대응하기 위한 흡연의 정당화다. 비교육적이지만 얼마 남지 않은 끽연가들을 위해 그중 하나를 소개한다.

100세를 넘기는 것이 쉽지 않던 시절, 시골의 한 할머니가 100세를 넘겼다고 해서 국민들의 이목이 집중되었다. 매스컴에서 찾아가 장수의 비결을 물었다. 할머니께서 이렇게 말씀하셨다.

"거, 담배들 끊어! 난 작년에 끊었어."

자고로 시대가 변화의 임계점에 다다랐을 때, 그 변화를 주도하는 세력은 시스템의 안이 아닌 밖에 존재하는 사람들이다. 지금의 백수가 그렇고, 중세를 무너뜨린 부르주아지가 그렇다. 감히 우리가 살고 있는 자본주의의 지배자인 부르주아지를 백수와 비교하다니……. 지나친 비약이라고 생각할 수도 있을 것이다. 반론을 제기하기 전에 나의 JQ가 알아낸 놀라운 발견을 한번 들어나 보시라! 유레카~

부르주아지라는 단어가 처음 역사에 등장한 것은 정확히 1007년 프랑스의 한 문서라고 알려져 있다. 볼리외의 한 수도원 주위에 생겨난 마을의 주민들이 수도원 측에서 부과한 타이유^{세금}에 반발하여 들고일어났을 때, 앙주 백작 풀크 네라^{Foulques Nerra}가 개입하여 "이곳 주민들을 농노 상태에서 해방하고 수도원장에게 자의적인 타이유의 부과를 금하는 한편, 차후에 그들이 수도원에 대하여 또다시 불온한 행동을 할 경우 60리브르의 벌금을 물린다"는 내용의 문서를 작성했다. 이 문서에 등장하는 그 문제의 주민들이 바로 '부르주아^{bourgeois}'다. 부르주아라는 새로운 명칭이 등장했다는 것은 그때껏 존재하지 않았던 새로운 부류의 인간들이 생겨났음을 뜻한다.

사실 부르주아의 어원인 '부르^{bourg}'는 성이라는 의미의 프랑스어다. 즉 부르주아지의 어원은 성 안에 살고 있는 사람들이라는 뜻이다. 중세는 지금처럼 자기가 하고 싶다고 이곳저곳 옮겨 다니며 계급과 직업을 바꿔 가며 살 수 있는 시대가 아니었다. 하지만 적어도 부르주아지에게는 중세의 시스템에서 벗어난 특권이 인정되었는데, 그 이유는 원거리를 오가며 물자를 유통해야 하는 새로운 사회적 역할이 필요했기 때문이었을 것이다. 다음은 『자본주의 어디로 와서 어디로 가는가』에 소개되어 있는 부르주아지에 대한 설명이다.

실로 이들은 모험가들이었다. 유럽은 당시 거대한 장원 토지들로 구성되어 있었고 또 이 장원들은 고정된 위계 서열을 가지고 있었다. 따라서 이렇게 전혀 봉건적이지 않은 돈 계산과 장부 계산(이 기술은 아주 조잡한 상태였다.)과 같은 습관을 가지고 화폐 교육에 걸신이 들려 부평초처럼 떠다니는 장돌뱅이들이 깃들 수 있는 장소가 있을 리 없었다. 이 유랑 상인들의 사회적 신분은 대단히 낮았다. 이들 중 일부는 분명히 농노의 자식들이었고 심지어 야반도주한 농노 자신들일 때도 있었다. 이들의 신분적 예속 관계를 입증할 수 있는 사람이 아무도 없는 상태였으므로, 이들은 '자유'라는 선물 - 비록 적극적으로 인정된 것은 아니지만 - 을 얻게 되었다. 그러니 귀족들의 눈에는 이들이 방자한 놈들이며 일상의 질서를 교란할 놈들로밖에 보이지 않았다.[13]

11세기는 1차 십자군 원정으로 인해 동방에서 약탈한 다양한 문물이 서양으로 유입되는 시기였다. 자본주의 시대를 살고 있는 우리에게는 매우 익숙하지만, 11세기 중세 유럽은 농업에 기반한 사회였다. 물자를 유통하는 행위는 혈통에 의해 지배 권력을 행사하던 귀족이나, 귀족들의 전투력을 담당하던 기사, 또는 땀을 흘려 토지를 일구는 농노가 할 수 있는 역할이 아니었다. 그 역할은 중세 봉건주의 시스템 밖에 있었던 제3의 계급인 부르주아지의 몫이었다. 그리고 중세의 영주들은 그러한 부르주아지들을 안전한 성 안에 살게 하면서 세금을 부과했다. '부르'는 11세기 이후 부르주아지라는 특권층으로 인해 성이라는 의미보다는 '상인 거주지^vicus mercatorum'를 가리키는 말로 더 널리 쓰이게 되었다. 부르주아지들은 상업을 통해 축적한 부를 바탕으로 도시 국가를 건설했다. 그리고 마침내 18세기에 이르러 산업 혁명이라는 날개를 달고 중세를 무너뜨린 후, 근대를 여는 당당한 주역이 되었다. 부르주아지들이 바치는 달콤한 세금에 취해 있던 중세 귀족들은 그들이 장차 자신들이 구축한 단단한 성채인 중세를 무너뜨릴 것이라는 것을 상상이나 했을까?

이제 서양이 아닌 우리나라 역사 속에 등장하는 부르주아지에 대해 살펴보자. 우리도 서구의 중세처럼 조선 시대까지는 농업에 기반한 사회였다. 농부들의 노동을 독려하기 위해 '농자천하지대본農者天下之大本'이라는 말도 만들었다. 우리가 착각하지 말아야 할 것이 여기서 말하는 '농자農者'는 농부가 아니라 '농사라는 것'으로 해석을 해야 한다는 것이다. 즉, 천하의 근본이 농사를 짓는 놈者 즉, 농부가 아니라 농사 그 자체라는 뜻이다. 만약 농부를 천하의 근본이라고 생각했다면 조선 시대의 신분 질서는 '사농공상士農工商'이 아니라 '농사공상農士工商'이었어야 맞다.

조선 시대는 근본이 농업이었고, 정치를 하는 선비士들은 농업의 생산물을 착취하는 동시에 분배했다. 그리고 농업 생산량을 높이기 위해 조선 시대에도 물건을 만드는 장인工이 필요했다. 조선 시대를 대표하는 장인이 바로 세종대왕이 발탁해 조선의 하늘과 시간을 갖게 해 준 장영실이다. 사농공상이라는 말에서 알 수 있듯 조선 시대 상인의 지위는 평민 중에서도 가장 낮았고, 노비의 바로 위였다. 그럴 수밖에 없었던 것이 상업은 지금 우리가 살고 있는 자본주의 시대처럼 물자가 넘쳐 나야 대접을 받을 수 있는 직업이기 때문이다.

합리적인 추측을 한번 해 보자. 농사가 근본인 사회에서 농부도 아니고, 정치 권력도 기술도 가지지 못했고, 또 지금처럼 유통해야 할 물자가 풍부하지 못했다면 상인들의 지위는 지금의 백수와 무엇이 달랐을까? 서구와 달리 우리나라의 상인들은 어쩌면 자신의 생존을 위해 어쩔 수 없이 장사라는 직업을 선택했는지도 모른다. 그리고 양인들 가운데 가장 낮은 지위에 있던 상인들은 그 멸시와 천대 속에서 생존을 위해 얼마나 많은 노력을 했을까?

그렇다면 4차 산업 혁명과 정보의 팽창, 그리고 코로나 19로 인해 급속하게 갱년기로 접어들고 있는 현재의 신자유주의 질서에서 벗어나 새로운 문명을 개척해 나갈 신인류는 누구일까? 중세의 질서에서 벗어나 있던 부르주아지가 중세의 몰락을 이끌었듯, 소위 직업을 중심으로 형성되어 있는 주류에서 벗어나 있는 백수가 새로운 미래를 개척할 주역이 될지 누가 알겠는가?

11세기 서양에서는 급격히 늘어난 물자를 유통하는 과정에서 부르주아지들이 등장했다면, 지금은 빅뱅 수준으로 팽창하고 있는 정보의 유통이 가장 큰 문제라고 할 수 있다. 현재 인류는 2016년을 기준으로 매년 16ZB의 데이터를 생산해 내고 있다. 하루에 482억 GB, 초당 56만 GB, 이를 영화 한 편 분량의 데이터 크기로 환산하면 1초에 영화 28만 편이 탄생하고 있는 셈이다.[14]

우리가 일상생활을 하고 있는 지금 이 순간, 매 초마다 데이터 빅뱅이 일어나고 있는 것이다. 정보 과잉이 전문

성의 분화로 이어졌고, 각자의 전문성에 갇혀 있는 우리는 상식이 어디로 향하는지 관심도 없다. 그래서 창궐하게 된 것이 바로 가짜 뉴스다. 부르주아지가 십자군 전쟁을 통해 유입된 물자를 유통하며 부를 축적했듯, 정보 빅뱅의 시대에는 감당할 수 없는 정보를 효율적으로 유통할 누군가가 필요하다. 바로 시스템 밖에 서식하고 있는 탈근대 제3의 인류인 백수들만이 할 수 있는 역할이다.

끽연가들을 위한 흡연의 정당성에 대한 팁을 하나 더 소개한다. 『톰 소여의 여행』의 저자로 유명한 미국의 소설가 마크 트웨인은 어느 날 금연으로 힘들어 하고 있는 친구에게 이렇게 말했다.

"난 담배 끊는 게 제일 쉽던데……. 난 지금까지 500번도 더 담배를 끊어 봤거든."

누가 백수라고 무시하면 당당하게 맞서시라! 중세의 백수인 부르주아지가 결국 중세를 멸망시키고 근대를 건설했다고! 불확실한 미래의 주역이 될지도 모를 백수를 우습게 보지 말라고!

205

한국을 빛낸
백수들

한국을 빛낸 많은 위인들이 있다. 대표적으로는 한글을 창제한 세종대왕, 왜의 침입으로부터 조선을 구한 이순신 장군, 일제 강점기 임시 정부를 이끌며 독립운동을 한 김구 선생님 등……. 그 외에도 '한국을 빛낸 100명의 위인들'이라는 노래를 들어 보면 많은 위인들이 빼곡하게 등장한다. '한국을 빛낸 100명의 위인들' 중에는 이완용 등 위인이 아닌 사람도 등장하고, 이수일과 심순애처럼 허구의 인물도 등장한다. 하물며 그 위인들 중에 백수라고 없을 리 없다. 과로에 시달리기는 하지만 남아도는 게 시간이니 한국을 빛낸 위인들 중에서 백수를 한번 골라내 보겠다. 이러한 고급진 정신노동을 백수가 아니면 누가 할 수 있겠는가?

No	인물	직업	비고
1절	단군, 동명왕, 온조왕, 혁거세, 광개토대왕, 의자왕	왕	6
	이사부, 계백	무신(공무원)	2
	관창	학생	1
	백결 선생	음악가	1
2절	문무왕, 대조영	왕	2
	김유신, 장보고, 강감찬, 정중부, 최무선, 이종무	무신(공무원)	6
	서희, 김부식, 정몽주, 문익점, 최충	문신(공무원)	5
	원효 대사, 혜초, 지눌, 의천, 일연	종교인	5
	죽림칠현	문인	7
3절	태정태세문단세	왕	7
	황희, 맹사성, 신숙주, 한명회, 이율곡, 이퇴계, 사육신, 생육신	문신(공무원)	18
	최영, 김시민, 이순신, 권율	무신(공무원)	4
	장영실	기술직 공무원	1
	논개	서비스업	1
	신사임당	주부	1
	곽재우, 조헌	의병장	2
4절	영조, 정조	왕	2
	삼학사, 박문수, 한석봉, 정약용, 김옥균, 이완용	공무원	8
	단원	화가, 공무원	1
	김정호	지리학자	1
	황진이	서비스업	1
	김삿갓	시인	1
	전봉준, 홍길동, 홍경래, 임꺽정	혁명가	4
	김대건	종교인	1
	안중근	독립운동가	1
5절	지석영	공무원	1
	손병희, 안창호, 방정환	독립운동가	3
	유관순	학생	1
	윤동주, 이상	시인	2
	(이)중섭	화가	1
	김두한	건달	1
	이수일과 심순애	가상 인물	2
			100

이렇게 정리해 보니 한국을 빛낸 100명의 위인들 중에 백수로 의심되는 분들이 꽤 보인다. 신라의 거문고 명인 백결 선생은 집안이 가난해 백 번이나 기운 누더기 옷을 입고 다녀 백결白結이라는 닉네임으로 불렸지만, 가난에서 벗어나기 위해 노동을 하는 대신 거문고를 타 유명해졌 다. 고려 무신 정권 시대 7명의 문인들은 죽림칠현을 결성 하여 매일 술을 마시고 시를 지으며 놀아 당당하게 한국 을 빛낸 100명 안에 들었다. 대한민국 최고액권 화폐인 5 만 원권의 주인공인 신사임당은 사실상 조선 시대 주부 백수였다.[15]

역사가 곽재우와 조헌을 기억하는 것은 당시 관료로서 의 업적 때문이 아니라 백수 시절 임진왜란에 맞서 일으 킨 의병 활동 때문이다. 신윤복과 함께 조선 시대를 대표 하는 화가인 단원 김홍도는 어진을 그리는 별제別提로서가 아닌 일반 서민들의 모습을 풍속화에 담은 백수 활동으로 더 유명해졌다. 기록이 부실해서 확실하지는 않지만, 대 동여지도를 만든 김정호는 조선 팔도를 발로 누빈 백수였 을 가능성이 매우 높다.

조선 시대를 대표하는 백수로 방랑 시인 김삿갓을 빼 놓을 수 없다. 김삿갓이 남긴 주옥같은 시들은 대부분 인 터넷을 검색하면 나온다. 남사스러운 것들이 많아서 차마

이 책에는 못 옮기겠고……. 김삿갓이 오직 필자에게만 전해 준 시가 하나 있으니 최초로 공개해 보겠다. 시가 좀 어려우니 몸풀기를 먼저 해 보겠다. 『춘향전』이라는 고전 소설을 모르는 한국 사람은 아마 없을 것이다. 이몽룡은 그네를 타는 춘향이를 처음 보고 반해 방자에게 다음과 같이 편지를 써 보낸다.

左絲右絲中言下心^{좌사우사중언하심}

무슨 뜻일까? 글을 아는 춘향이는 이 글을 보고 이몽룡의 마음을 단번에 알아챈다. 왼쪽^左에 실^絲이 있고, 오른쪽^右에도 실^絲이 있고, 가운데^中 말씀^言이 있고 아래^下에 마음^心이 있으면 연모한다는 의미의 '戀^{연모할 연}' 자가 만들어 진다. 즉, 연모한다는 한자를 이렇게 멋지게 파자^{破字}해서 보낸 것이다. 이제 진짜 김삿갓이 필자에게만 전해 준 시를 소개해 보겠다.

義無上部^{의무상부}

二減一數^{이감일수}

言加吾字^{언가오자}

規取左部^{규취좌부}

川水上下^{천수상하}

토익 시험을 볼 때 어설프게 해석을 했다간 정해진 시간 안에 문제를 풀 수 없다. 김삿갓의 시도 마찬가지다. 해석하려고 하면 미궁에 빠질 수밖에 없는 것이 바로 김삿갓의 시다. 해석이 아닌 파자 풀이를 해 보겠다.

義無上部^{의무상부} : 義에 윗부분이 없다. 즉 我^{나 아}가 된다.

二減一數^{이감일수} : 2배기 1은 一^{한 일}이다.

言加吾字^{언가오자} : 言자에 吾자를 더하면 語^{말씀 어}자가 만들어진다.

規取左部^{규취좌부} : 規의 왼쪽 부분인 夫^{사내 부}를 취해 보자.

川水上下^{천수상하} : 내 천^川, 물 수^水, 냇물은 위 아래로 흐르니, 流^{흐를 류}다.

파자한 글자를 쭈욱 이어서 써 보면, 我一語夫流^{아일어부류}가 나온다. 혀의 긴장을 풀고 빨리 읽어 보시라! 사랑하는 연인을 향해…….

충신 나라의 간신처럼 간신 나라의 충신은 위인이 아니다. 부패한 조선 시대에 난을 일으킨 홍길동, 임꺽정, 홍경래나 탐관오리에 맞서 '보국안민^{輔國安民}', '제폭구민^{除暴救民}'의 기치를 내걸고 동학 혁명을 일으킨 전봉준은 시대에 저항한 백수들이다. 그리고 일제 강점기에 조선을 통치한 일본 제국주의에 충성한 이완용이 간신이라면, 간신의 나라를 충신의 나라로 바로잡기 위해 기꺼이 간신이 되어 투쟁한 독립운동가들은 모두 광의의 백수들이었다고 볼 수 있다. 마지막으로 하늘을 우러러 한 점 부끄러움 없이 살기 위해 밤하늘의 별을 헤아렸던 윤동주나, 지금도 해석이 불가능한 시를 썼던 이상, 그리고 대놓고 건달로 살았던 김좌진 장군의 아들이라는 김두한도 백수의 반열에 올려야 하지 않을까?

조선 시대 생산된 지적 결과물의 대부분은 위인들의 백수 시절이 없었다면 역사에 등장하지 못했을 것들이다. 노래에는 등장하지 않지만, 이성계를 도와 조선을 건국한 정도전은 저물어 가는 고려 말기 권문세족에게 정면으로 맞선 혁명가였다. 정도전의 급진적 사상은 고려 사회의 기득권 세력인 권문세족에게 받아들여지지 않았고, 아마 백수 생활을 하면서 새로운 왕조 조선의 건국을 상상했을 것이다. 조선 시대를 대표하는 실학자 정약용은 『목민심서』를 비롯해 500여 권의 저서를 집필 또는 기획하였는데, 만약 정약용을 백수로 만든 18년간의 유배 생활이 없었다면 불가능했을 것이다. 박사 학위를 받고도 백수로 살아가며 '고전 평론가'라는 새로운 직업을 개척한 '고미숙'은 저서 『조선에서 백수로 살기』에서 금수저로 태어나 금수저를 버렸던 연암 박지원을 조선 시대 최고의 백수였다고 평가한다. 고미숙은 헬조선에서 고통스럽게 살아가고 있는 청년 백수들에게 노동에서 해방되고, 중독에서 탈출하고, 망상을 타파하는 백수로 살아가라고 제안했다.[16]

필자도 고전 평론가 고미숙의 제안에 격하게 동의한다. 4차 산업 혁명 시대에 인간이 해 왔던 대부분의 노동은 인공지능에 떠 넘기면 되고, 소비 중독에서 탈출할 수 있다면 굳이 비굴하게 '지속 가능한 불행 상태'를 강요하는 정규직이 안 되도 좋으며, 헛된 기대에 현실을 맞추는 망상을 깨고, 현실 세계로 기대를 끌어내릴 수 있다면 얼마든지 백수가 되어 행복하게 살 수 있다.

206

정보의 여유를 생산하는 백수, 유튜버

    세계적으로 유명한 블록버스터인 '어벤저스' 시리즈가 얼마 전 마지막 에피소드인 〈엔드 게임〉으로 대단원의 막을 내렸다. 〈마징가 Z〉를 보며 TV에 입문하고, 〈로버트 태권 V〉를 보기 위해 처음 극장에 발을 들여놓았던 필자는 어른이 되어서도 SF 영화라면 사족을 못 쓴다. 그런데 〈엔드 게임〉은 약간 사정이 달랐다. 〈엔드 게임〉을 제대로 이해하기 위해선 그 이전에 개봉되었던 21편의 영화를 모두 봐야 하기 때문이다.

1. 아이언맨 1(2008년, 125분)

2. 인크레더블 헐크(2008년, 113분)

3. 아이언맨 2(2010년, 125분)

4. 토르 : 천둥의 신(2011년, 112분)

5. 캡틴 아메리카 1 : 퍼스트 어벤져(2011년, 123분)

6. 어벤져스 1(2012년, 142분)

7. 아이언맨 3(2013년, 129분)

8. 토르 : 다크월드(2013년, 112분)

9. 캡틴 아메리카 2 : 윈터 솔져(2014년, 136분)

10. 가디언즈 오브 갤럭시(2014년, 122분)

11. 어벤져스 2 : 에이지 오브 울트론(2015년, 141분)

12. 앤트맨 1(2015년, 117분)

13. 캡틴 아메리카 3 : 시빌 워(2016년, 147분)

14. 닥터 스트레인지(2016년, 115분)

15. 가디언즈 오브 갤럭시 2(2017년, 136분)

16. 스타이더맨 : 홈커밍(2017년, 133분)

17. 토르 3 : 라그나로크(2017년, 130분)

18. 블랙팬서(2018년, 135분)

19. 어벤져스 3 : 인피니티 워(2018년, 149분)

20. 앤드맨 2 : 앤트맨과 와스프(2018년, 118분)

21. 캡틴 마블(2019년, 123분)

필자가 어지간한 SF 영화 광임에도 불구하고 위에 열거한 어벤져스 시리즈를 모두 보지는 못했다. 사실 위의 모든 영화가 하나의 시리즈라는 생각 자체를 해 본 적이 없다. 사실 필자는 마블 소속 히어로보다는 슈퍼맨, 배트맨, 원더우먼 등 DC 소속 히어로들에 더 익숙하다. 영웅이 세상을 구할 거라는 꿈을 품었던 어린 시절 접했던 대부분의 히어로들이 DC 소속이었기 때문이다. 스파이더맨은 소속과 무관하게 좋아했던 히어로고, 아이언맨까지는 그래도 겨우 들어 본 적은 있지만, 어벤저스의 히어로들을 이끄는 캡틴 아메리카를 비롯한 나머지 히어로들은 사실 필자에게는 듣보잡 히어로다. 심지어 〈가디언즈 오브 갤럭시〉가 어벤저스 시리즈라고는 꿈에도 생각하지 못했다. 그런데 딸들이 어벤저스 시리즈를 같이 보러 가자고 조르는 황당하고 난감한 입장에 놓이게 된 것이다.

하지만 걱정하지 마시라. 이 시대에는 유튜버라는 백수가 있으니……. 필자 같은 사람이 어디 한둘이겠는가? 유튜브에는 총 러닝 타임 2,684분, 시간으로는 44시간 44분, 날짜로는 하루하고 20시간 44분을 밥도 안 먹고, 화장실도 가지 않아야 볼 수 있는 어벤저스 시리즈 21편을 단 10분에 정리해서 볼 수 있는 영상들이 차고 넘친다. 걱정이라면 그중에서 단 하나를 선택해야 한다는 것이 어려울 뿐…….

우리에게 감당할 수 없는 정보를 정리해 여유를 만들어 주고 있는 그들의 정체는 직장인인가? 백수인가? 직장을 다니는 사람이 취미로 그 일을 한다고 해도 그 유튜버의 정체성은 직장인이라고 말하기 어려울 것이다. 만약 내가 회사를 운영하고 있는데 회사와 계약된 시간 이외의 시간에 인류에게 도움이 되는 그런 유익한 노동을 하고 있는 직원이 있다면 사장은 그 직원을 자랑스러워 할 수 있을까?

이미 그러한 지식 노동 또한 경쟁 시스템 위에서 돌아간다는 것이 문제라면 문제지만, 영화 자본은 자신의 이익을 효율적으로 극대화하기 위해 한 편이 아닌 20편이 넘는 시리즈를 제작해야 하는 시대에, 누군가 그러한 자본의 이익을 촉진시키기 위해 제3의 방식으로 노력을 하고 있다면, 유튜브가 아니라 직접적인 당사자인 영화 제작사가 그 유튜버에게 수익을 분배해야 하지 않을까?

유튜버로 당당히 수익을 내고 있는 사람을 백수라고 칭하는 것에 대해 거부감이 들거나 동의가 안 될 수도 있을 것이다. 난 앞에서 심지어 이 시대를 지배하고 있는 부르주아지도 중세의 시스템에 벗어나 있었다는 이유로 백수라 칭했다. 내가 주장하는 백수는 일반적으로 생각하는 기존의 백수와는 그 의미가 다르다. 백수는 우리가 살고 있는 사회 시스템 밖에 존재하며, 불확실한 미래의 가능성을 개척하는 모험가다. 우리가 일반적으로 백수가 가지고 있는 가능성을 부정하는 이유는 무지, 혹은 백수에 비해 자본주의라는 시스템에 적응하고 있는 자신이 우월하다는 착각 때문이다. 즉, 나는 백수라는 호칭에 비난과 멸시가 아닌 기대와 존경을 담고자 한다. 정보 과잉의 시대, 백수는 사회적 통념을 깨고 우리에게 정보 소비의 여유를 제공해 주는 소중한 존재다. 다양한 정보를 오덕스럽게 정리해 유튜브라는 플랫폼을 통해 우리에게 전달해 주는 유튜버처럼…….

어디선가 누군가에 무슨 일이 생기면 틀림없이 나타나는 백수, 홍 반장

　역사 속에 등장하는 실존 인물은 아니지만 일찍이 영화 주인공으로 백수가 가야 할 길을 제시해 준 인물이 있었으니, 바로 영화 〈어디선가 누군가에 무슨 일이 생기면 틀림없이 나타난다, 홍 반장〉의 주인공 홍 반장이다. 영화 제목이 참 길다. 우리나라 영화 제목 중 두 번째로 긴 영화 제목이다. 가장 긴 영화 제목은 좀 끔찍하니 굳이 찾아보지 않았으면 좋겠다. 홍 반장을 꾸며 주는 수식어는 사실 〈짱가〉라는 메카닉 만화의 주제가에 등장하는 가사다.

　"어디선가 누군가에 무슨 일이 생기면
　짜짜짜짜 짜짱가 엄청난 기운이

틀림없이 틀림없이 생겨난다

지구는 작은 세계 우주를 누벼라~"

필자가 어렸을 적 들었던 가사는 분명히 '누군가에'였다. 그런데 주제가를 부른 가수의 목소리가 느끼해서였는지, 어린이가 부른 다른 버전의 노래에는 '누군가에'가 '누구에게'로 바뀌었다. 아무리 촌스럽고 느끼하더라도 우리가 살면서 처음 접한 오리지널리티는 매우 중요하다. 오리지널리티의 가치를 모르는 사람들은 오리지널을 재현하는 과정에서 중대한 실수를 범하기도 한다. 대표적인 것이 〈로보트 태권V〉의 디지털 복원판이다. 제대로 보존이 안 된 〈로보트 태권V〉의 오리지널 필름을 복원하느라 많은 기술과 시간 그리고 인력이 동원된 사실은 필자도 잘 알고 있다. 하지만 1976년 개봉된 후 무려 30년 만인 2007년 재상영된 〈로보트 태권V〉는 복원판이 아니라 개정판이었다. 가장 실망한 건 성우의 목소리가 다르다는 것이다.

태권V를 사랑하는 필자의 입장에서 그 낯설음이 디지털로 '개정'된 태권V의 가치를 떨어뜨렸다. 뿐만 아니라 심지어 대사에도 칼질을 했다. 태권V의 조종사 훈이는 자동차를 운전하며 조수석에 탄 영희와 이런 오글거리는 대사를 주고받는다.

영희 : 훈, 오늘 데이트는 즐거웠어.
훈이 : 응, 내가 옆에 있으니까.

여기서 우리는 두 가지 중대한 사실을 발견할 수 있다. 당시 고등학생으로 알려져 있는 훈이가 정상적인 학교 생활을 하지 않는 건 뭐 대한민국 태권도 국가 대표니 그럴 수 있다 치자. 그런데 고등학생 버젓이 자동차를 운전하는 건 범법 행위 아닌가? 태권V 조종사의 특권이라고 할 수도 없는 게 이 장면은 태권V가 등장하기 이전이다. 태권V가 표절했다고 알려져 있는 마징가Z의 조종사 쇠돌이 ^{일본 명 카부토 코우지}와 친구들은 그래서 오토바이를 타고 다닌다. 두 번째는 아무리 잘 생기고 태권도 세계 챔피언이지만, 이런 말을 하고도 영희와 계속 관계를 유지할 수 있다는 게 2020년을 살고 있는 필자는 상상조차 할 수 없다. 그래서였는지 위의 대사는 2007년 개정판에는 다음과 같이 바뀐다.

영희 : 오늘 산책, 정말 즐거웠어.
훈이 : 응, 내가 옆에 있으니까.
영희 : 하하하. (ㅠㅠ)

필자는 분명 노영심이 부른 노래 '별 걸 다 기억하는 남자'의 주인공일지도 모른다. 영심이는 필자의 취향이 아니라 보지 않았지만, 남자 친구 왕경태가 안경을 꼈다는 것 정도는 기억하고 있다. 아직도 초등학교 1학년 때 본 〈서부 소년 차돌이〉의 주제가를 부를 수 있으며, 차돌이의 숙적 이름이 '빅스톤'이라는 것도 기억하고 있다. 마징가Z를 조종하는 비행기인 '호버 파일더'를 기억해 그릴 수도 있다. 그런 필자가 설레는 마음으로 딸과 함께 보러 간 디지털 버전의 태권V가 복원판이 아니라 개정판이었다니 그 실망의 크기를 가늠할 수 있겠는가? 참고로 필자는 태권V를 주제로 책 한 권을 쓸 자신도 있다. 책을 내주겠다는 출판사가 있다면 말이다.

본격적으로 '홍 반장' 이야기를 하기 전에 잠깐 짱가 이야기로 다시 돌아와 보자. 필자가 알고 있는 유명한 지인 중 '짱가'라는 별명을 가진 분이 계신다. 한번은 그 유명한 분을 직접 대면할 기회가 있어 왜 별명이 짱가인지 여쭤 보았다. 사실 나도 짱가를 알고 있음을 어필하여 그 유명한 분과 친하게 지내고 싶은 의도도 없지 않았다. 그런데 의외의 답변이 돌아왔다. 짱가가 국산 토종 로봇이라 별명을 짱가라고 지었다는 것이다. 짱가의 국적은 우리나라가 아니라 일본이라고 유튜브 동영상을 증거로 보여 드리니 적잖이 당황을 하셨다. 평생을 짱가로 살아오신 분에게 본의 아니게 동심을 파괴하는 죄를 짓고 말았다.

서론은 길게, 본론은 짧게! 아까운 나이에 세상을 등진 김주혁이 연기한 〈어디선가 누군가에 무슨 일이 생기면 틀림없이 나타난다, 홍 반장〉의 하루 일당은 무슨 일을 하든 무조건 5만 원이다. 여주인공 혜진^{엄정화 분}은 홍 반장이 사는 동네로 이사를 오며 부동산 중계업자로 처음 홍 반장을 만난다. 그리고 두 번째는 집을 수리하러 온 인테리어 업자로 만난다. 엄정화가 무슨 일을 하려고만 하면 그 자리에 일당 5만 원짜리 홍 반장이 등장한다. 영화에서 홍 반장은 전문가가 아니면 할 수 없는 일도 척척 해 내는 신비로운 인물로 그려진다. 결혼을 독촉하는 혜진의 아빠를 안심시키기 위해 일당 5만 원짜리 남친 역할을 하게된 홍 반장은 혜진의 아빠와 바둑을 두며 한 수 물러 달라는 혜진 아빠의 애걸을 천연덕스럽게 물리치고, 프로급 골프 실력을 보여 주기도 한다. 뿐만 아니라 전문적인 경영 용어도 척척 구사하며 혜진 아빠의 환심을 산다. 주인공 홍 반장을 과도하게 돋보이게 하려는 지극히 영화다운 설정이지만, 다른 관점으로 보면 홍 반장은 치열한 경쟁을 뚫고 세계로 나아갔다가 마을로 되돌아 온 백수로 볼 수 있다. 마음만 먹으면 돈을 많이 벌어 부자가 될 수도 있지만, 홍 반장은 그래봤자 상대적인 인간의 행복 지수를 만족시킬 수 없다는 것을 깨달았을 것이다.

영화 속 홍 반장 같은 능력이 없어도 충분히 마을에서 행복한 홍 반장으로 살 수 있다. 마을에서 열심히 관계를 맺다 보면 자신에겐 별다를 것 없는 능력이 꼭 필요한 사람을 만나게 될 것이다. 힘이 있는 사람은 힘이 없는 사람의 짐을 대신 들어 줄 수도 있고, 삶의 경험을 그것을 필요로하는 사람과 나눌 수 있으며, 시간이 없는 사람의 시간이 필요한 어떤 일을 대신 해 줄 수도 있다. 사실 마을은 전문적이고 비싼 그 무엇보다, 덜 전문적이더라도 믿고 일을 맡길 홍 반장 같은 사람이 더 필요하다. 모든 분야의 전문가는 모두 각자 자신에게만 이로운 목표가 있다. 프랜차이즈 빵집을 운영하는 사람의 목표는 이윤을 남기는 것이지 마을 사람들과 함께 행복을 누리는 것이 아니다. 개인택시를 꿈꾸는 법인택시 기사처럼 본사에 사납금을 낸 후에야 자신의 행복을 위해 필요한 돈을 벌 수 있는 것과 다르지 않다. 멀리서 오는 택배는 얼굴도 모르는 전문적인 택배 기사가 배달해야 하겠지만, 마을에 믿을 만한 홍 반장 한 명이 있다면, 마을로 배달되는 모든 택배를 받아 안전하고, 편안한 시간에 택배를 전달해 줄 수도 있다. 만약 마을 사람들과 좋은 관계를 쌓아 나갈 수 있다면 누구나 얼마든지 행복한 백수, 홍 반장으로 살 수 있다.

3부

세계는 마을이 구하고,
마을은 백수가 지킨다

세계는 마을이 구하고, 마을은 백수가 지킨다!

인공위성으로 세계 구석구석을 감시하고 있는 구글도 아니고, 스마트폰으로 개인의 모든 사생활을 속속들이 들여다보고 있는 애플도 아니고, 인간이 가지고 있는 직관 능력을 가볍게 넘어 버린 인공 지능도 아니고, 마을 따위가 과연 세계를 구할 수 있을까? 필자도 마을 공동체의 필요성을 이야기할 때마다 늘 입에 달고 살았던 말이지만 그저 공허한 바람을 담았을 뿐, 진짜 마을이 세계를 구할 거라고는 믿지 않았던 것 같다. 적어도 코로나19가 세계를 멈춰 세우기 전까지는 말이다. 빛이 있어야 그림자가 생길 수 있는 것처럼 코로나19가 주는 불확실함에 대한 공포가 반드시 우리에게 해롭기만 한 것은 아닐지도 모른다. 코로나19로 인해 우리는 그동안 세계화라는 거품 속에 가려져 있던 마을의 소중함을 비로소 깨닫게 되었다. 진짜 세계를 구하기 위해선 마을이 필요할지 모른다.

그런데 누가 그렇게 당연하고도 어마어마한 말을 했을까? "마을이 세계를 구한다"라는 말은 1962년에 인도의 나바지반^{Navajivan} 출판사가 발간한 『Village Swaraj』라는 제목의 책을 우리말로 옮기면서 널리 알려졌다. '스와라지^{Swaraj}'는 1906년 인도에서 일어난 반영^{反英} 자치 운동이며, 힌디어로 자치, 혹은 자기 지배를 뜻한다.[17] 간디는 『Village Swaraj』에서 마을 자치의 중요성을 다음과 같이 역설했다.

"미래 세계의 희망은 아무런 강제와 무력이 없고, 모든 활동이 자발적인 협력으로 이루어지는 작고 평화롭고 협력적인 마을에 있다."

간디는 인도의 빈곤이 단지 영국의 식민 지배 때문이 아니라 산업주의와 기계 문명의 논리에 순응하면서 자립과 자치 능력을 상실한 인도 사람들 자신에게 있다고 보았다. 간디의 주장은 시대를 거스르는 중세 보수주의적 경제 사상쯤으로 여겨졌을 수도 있다. 사실 필자도 간디의 주장이 다소 시기상조였다고 생각한다. 자본의 경쟁이 없었다면, 기계를 앞세운 산업화가 없었다면, 스마트폰과

SNS가 없었다면 여전히 개인은 집단^{국가, 민족, 사회}을 가장한 기득권 계층의 이익을 위해 생산되고 있는 정보를 아무런 의심 없이 받아들이고 있었을지도 모른다. 간디의 사상은 지나친 세계화로 마을의 관계가 파괴되고, 경쟁이 모든 것을 압도하고 있는 이 시대에 오히려 더 설득력을 갖는다. 드라마로 제작되기도 했던 윤태호의 웹툰, 〈미생〉의 한 에피소드에서 비리에 연루되어 회사에서 쫓겨나게 된 최영후 전무는 오상식 차장을 만나 이렇게 고백한다.

모두가 땅을 볼 수밖에 없을 때, 구름 너머 별을 보려는 사람을 임원이라 하더군. 난 구름에 오르기 위해서는 땅에서 두 발을 떼어도 상관없다고 생각했지. 두 발을 땅에 딛고도 별을 볼 수 있는 사람이 얼마나 되겠어? 하지만 이번에 확실하게 깨닫게 됐지. 그럼에도 불구하고 회사가 원하는 임원이란 두 발을 땅에 굳게 딛고서도 별을 볼 수 있는 거인이란 걸…….

- 드라마, 〈미생〉 19화 중

우리가 나고 자란 작은 마을은 나무로 따지면 뿌리라고 할 수 있다. 날치가 물 위를 날 수 있는 건 물을 차고 오르기 때문이다. 빙산의 일각이 수면 위로 떠오르기 위해선 몇 십 배나 더 큰 빙산 덩어리가 수면 아래에서 받치고 있어야 한다. 세계가 지금처럼 연결되어 있지 않다면 코로나19는 지역의 풍토병에 그쳤을지 모른다. 그렇다고 하루아침에 세계화를 포기해야 한다고 주장하는 것은 아니다. 아시아의 농업 경제학자 '원톄쥔'을 비롯한 세계의 많은 미래학자들은 지역을 무시한 세계화에서 지역을 중심으로 한 세계화, 글로컬리제이션^{glocalization}을 대안으로 제시한다. 구름 위에서 별을 보는 것도 중요하지만, 발이 지면에서 떨어지면 안 된다. 그동안 구름 위에서 별을 살핀 사람들은 이제 땅으로 내려와 마을 사람들에게 자신이 본 것을 이야기해야 한다.

이제 세계를 구할 가능성이 잠재되어 있는 마을을 한번 살펴보자. 마을에는 누가 살고 있을까? 마을의 모습도 지역에 따라 다르다. 2020년 6월 현재 우리나라 인구$^{약 5천}$ $^{2백만 명}$의 절반 이상$^{50.17\%}$인 약 2천6백만 명이 우리나라 전체 면적$^{99,720\,km^2}$의 11.8%$^{11,745\,km^2}$인 수도권에 살고 있다. 숫자가 너무 크면 현실성이 없다. 10개의 교실이 있는 학교에 100명이 다니고 있다고 가정해 보자. 1개의 교실에는 50명의 학생들이 바글바글 몰려 있고, 나머지 9개 교실에는 교실마다 평균 5~6명이 있는 꼴이다.

우리나라로 좁혀 생각해 보면, 서울이 세계고, 지방은 마을이다. 서울에는 젊은 사람들이 득실득실하고, 그들을 위한 온갖 서비스들이 차고 넘치는 반면, 마을에는 노쇠

한 어르신, 출산과 육아로 인해 경력이 단절된 여성들, 학교를 다녀야 하는 아이들만 남겨진다. 최소한의 마을 기능을 유지하기 위해 필요한 복지, 교육, 의료 기관이 있고, 영세한 자영업자로 이루어진 시장도 형성이 되어 있지만, 그 소중한 마을의 일자리는 대부분 다른 마을에서 온 사람들로 채워진다. 세계로 나가지 못한 채 마을에 남아 있다는 것은 그다지 자랑스러운 일이 못 되기 때문이다. 그리고 마을에는 사람들의 손가락질이 두려워 집에 있거나, 후드나 마스크로 얼굴을 가린 채 삼선 슬리퍼를 끌고 마을을 배회하는 백수들이 살고 있다.

필자도 익히 경험한 바 있다. 평일 낮에 평소 알고 지내던 이웃을 엘리베이터에서 만나는 것이 얼마나 곤혹스러운지를……. 뭔가 필자의 사정에 대해 설명을 하고 싶은데 그러질 못한다. 그 정도로 가까운 사이는 아닌 것이 엘리베이터에서 서로 눈이 마주친 것 외에는 특별한 관계를 만들지 못했기 때문이다. 말로만 마을이 세계를 구할 것이라고 떠들 것이 아니라 더 이상 마을에 있는 걸 부끄러워하지 않도록 모두가 지혜를 모아야 한다. 마을에 있는 것이 부끄럽지 않다면, 마을에 서식하고 있는 많은 백수들의 가능성을 세계를 구하기 위한 마을을 만드는 데 사용할 수 있다.

고 노무현 대통령이 남긴 명언을 백수에 빗대어 패러

디하면 다음과 같다

"마을이 가지고 있는 최후의 보루는 마을에서 잠자고 있는 백수들의 조직된 힘이다!"

302

어렵다는 선택 노동,
백수가 도와주마

아직 백수 생활에 적응이 덜된 것 같다. 아무리 늦게 잠이 들어도 새벽에 눈이 자동으로 떠진다. 백수가 되기 전에는 일단 눈이 떠지면 다시 잠들지 않기 위해 눈동자에 힘을 빡 주고 누워 있거나, 그도 아니면 몽유병 환자처럼 침대에서 벗어나 집 안 여기저기를 돌아다녀야 했다. 다시 잠들면 혹시라도 출근 시간을 놓칠 수 있기 때문이다.

어제는 밤늦게까지 넷플릭스^{Netflix}를 뒤적거렸다. 뒤적거렸다는 표현이 딱 맞는다. 볼 게 너무 많다 보니 정작 뭘 봐야 할지 선택하는 것이 가장 어렵다. 정보 과잉의 시대를 살고 있는 현대인을 가장 고통으로 내몰고 있는 것은 이른바 선택 노동이다. 넷플릭스는 세계 최고의 스트리밍 서비스답게 소비자의 선택 노동을 줄여 주기 위해 늘 최선을 다한다. 만약 필자가 어떤 콘텐츠를 끝까지 보고 나면 비슷한 취향의 콘텐츠를 자동으로 추천해 준다. 그리고 지금 가장 많은 사람들이 보고 있는 콘텐츠를 시선 가장 가까운 곳에 랭크시킨다. 넷플릭스는 마치 필자에게 이렇게 이야기하는 것 같다.

"설마, 선택이 어렵다고 서비스를 해지하시는 건 아니겠죠? 이 작품을 보시면 그 마음이 사라질 거예요."

필자도 잘 알고 있다. 일단 어떤 작품을 선택하고 나면 후회할 가능성이 희박하다는 사실을…… 그럼에도 불구하고 선택 노동은 늘 나를 괴롭힌다. 넷플릭스뿐만이 아니다. 일주일에 516편이 연재되고 있는 네이버와 다음 웹툰도 마찬가지다. 필자는 주로 네이버 웹툰을 애용하는데, 아무리 표지가 내 취향을 저격해도 하루에 세 개 이상의 웹툰을 보지 않기로 굳게 마음을 먹었다. 네이버 웹툰에서 다음 연재를 미리 보려면 '쿠키[18]'를 구입해야 한다. 가뜩이나 빈약한 백수의 지갑이 쿠키를 굽느라 탈탈 털릴 수 있기 때문이다. 아무 생각 없이 미리보기를 위해 쿠키를 굽다가 어느 날 매일 천 원 가까운 거금을 들여 쿠키를 굽고 있는 필자를 발견하게 되었다. 지금은 정신을 차리고, '문정후'의 〈고수〉와 얼마 전에 연재가 끝난, '이윤

창'의 〈좀비 딸〉, 그리고 오래전부터 친분이 있는 '애풍'의 〈금붕어〉를 제외하고 미리보기를 모두 끊어 버렸다. 재미 있는지 없는지 딱 간만 보기 위해 웹툰 하나를 선택하는 순간, 후회해도 이미 때는 늦는다. 어쩌면 선택 노동은 정 보 과잉의 시대에 최소의 시간을 들여 최대의 재미를 이 끌기 위한 뇌의 전략적 활동일지도 모른다.

생각해 보니 필자의 뇌가 기억하고 있는 비슷한 경험 이 과거에도 있었다. 마치 지금의 내가 종이 한 장을 사이 에 두고 백수와 프리랜서 사이를 넘나들 듯, 백수와 학생 사이를 넘나들던 대학 시절, 나와 취향이 비슷한 작은형 에게 추천을 받아 김용의 『영웅문』에 손을 댄 것이다. 1부 사조영웅전 6권, 2부 신조협려 6권, 3부 의천도룡기 6권, 총 18권을 보느라 두 달 가까이 폐인으로 살았다. 잠도 자 지 않고 『영웅문』을 보느라, 눈은 늘 충혈되어 있었고, 나 의 뇌는 곽정이, 양과가, 장무기가 펼치는 무공을 그려 내 기 위해 풀가동되고 있었다. 무려 두 달이다. 두 달 동안 나는 중국 무협의 세계에서 허우적거리며 일상을 반납했 다. 이제 알 것 같다. 필자가 선택 노동에 막연한 두려움을 갖는 이유 중 확실한 하나는 혹여라도 필자가 백수를 넘 어 폐인의 신세까지 전락하는 것을 막기 위한 뇌의 배려 였던 것이다.

동병상련이라는 말이 있다. 백수 앞에 놓인 선택 노동이 주는 고통과 그 피해는 같은 백수가 아니면 알 수 없다. 필자는 먼저 코로나19로 인해 학교가 아닌 집에서 빈둥거리고 있는 시한부 백수인 딸들의 도움을 받기로 했다. 사실 군이 도움을 청하지 않아도 방에 누워 빈둥거리고 있으면 심심한 딸들이 먼저 제안을 해 온다.

"아빠, 나 아빠랑 같이 보고 싶은 영화 있는데……."

첫째 딸이 먼저 제안을 해 온다.

"뭔데?"

"〈미드나잇 썬〉이라는 영환데, 그 영화 보니까 아빠 생각이 나서."

"아빠, 나랑 같이 〈암살 교실〉 볼래?"

이번엔 둘째 딸의 제안이다.

"암살 교실? 제목이 별론데?"

"아빠가 교육에 관심이 많잖아. 제목은 좀 엽기적인데 내용은 정말 감동적이야."

필자와 다른 세대를 살아가고 있는 딸들도 각자 자신들의 취향이 있다. 군이 아빠와 무언가를 같이 보고 싶다는 건, 그 선택이 아빠인 필자에게도 가치가 있을 거라고 믿기 때문이다. 필자는 딸들과 〈미드나잇 썬〉을 보며 눈물

을 쏟았고, 〈암살 교실〉의 마지막 회에선 콧물까지 쏟고
말았다. 딸들이 대신해 준 선택 노동의 결과, 딸들과의 세
대 간 거리가 짧아졌음은 두 말할 나위도 없다.

오랜만에 나와 그닥 다르지 않은 삶을 누리고 있는 한
후배를 만났다. 밥을 먹고 차를 마시며 서로의 선택 노동
을 최소화시키기 위한 정보를 교환한다.

후배 : ○○○ 보셨어요?
나 : 아직, 안 봤는데? 재밌어?
후배 : 보지 마세요. 쓰레기예요.
나 : 그럼, 뭐가 재밌어?
후배 : △△△ 재밌어요.
나 : 나 그거 영화로 봤는데?
후배 : 그거 영화 아니고, 비슷한 세계관의 미든데, 형이 보면
　　　좋아하실 거예요.
나 : 그으~래? 알았어. 꼭 볼게.

왜 마눌님께서 외식을 할 때마다 무엇을 먹을지 물어보
는지 그 이유를 이제야 알 것 같다. 선택 노동이 고달프다
는 것을 나보다 먼저 깨달았기 때문이다. 밥도 남이 차려
주는 밥이 맛이 있듯, 선택도 남이 해 주는 것이 훨씬 품

이 덜 든다. 주변에 백수가 있다면 다양한 선택 노동을 하기 전에 도움을 청해 보기 바란다. 그 분야에 있어서는 확실히 백수가 고수다.

303

절망의 나라에서
행복한 백수 되기

일본의 젊은 사회학자 후루이치 노리토시는 『절망의 나라에서 행복한 젊은이들』의 한국어판 서문에서 최근 일본의 20대가 느끼는 생활 만족도가 78.3%까지 상승했으며, 중·고등학생도 95%가 자신은 행복하다고 대답했다고 밝혔다. 호주로 이민 간 친구는 인종 차별이 수면 아래에 존재하기는 하지만 호주는 어린이와 여성을 비롯한 사회적 약자가 살기 좋은 나라라고 이야기한 적이 있다. 그렇다면 가깝고도 먼 나라 일본은 젊은이들의 천국일까? 후루이치 노리토시는 일본의 사정이 우리나라와 크게 다르지 않다고 말한다. 다만 같은 현실에 대한 젊은이들의 다른 인식을 행복의 원인으로 제시한다.

고성장을 경험했던 기성세대는 보다 나은 내일을 기대

하며 오늘의 고통을 견뎠다. 기성세대는 학창 시절 "10분만 더 공부하면 아내의 얼굴이 바뀌고, 남편의 직업이 바뀐다"는 교훈을 보며 학교를 다녔다. 서울대 생활과학대 김난도 교수는 『아프니까 청춘이다』에서 청년 세대의 고통을 마치 노·장년의 행복을 위한 당연한 통과 의례로 이야기해 뭇매를 맞기도 했다. 개그맨 유병재는 SNL 코리아의 〈인턴 전쟁〉이라는 코너에서 "아프면 환자지, 뭐가 청춘이야?"라고 일갈했다.

미래가 행복하다는 확신만 있으면 오늘의 고통을 견뎌낼 수 있다. 내일 수확하는 사과가 더 크고 맛있다면, 그리고 그 열매를 다른 사람이 따 먹지 않는다고 확신할 수 있다면, 고통스럽지만 당장의 식욕은 참아 낼 수 있다. 하지만, 내일 사과가 썩을지도 모른다면, 아껴 둔 사과를 다른 사람이 먹을 수도 있다면, 눈에 보이는 사과를 먹는 것이 당장의 행복을 지킬 수 있는 방법이다.

요즘 (일본) 젊은이들이 품고 있는 생각은 바로 가까운 사람들과의 관계 및 작은 행복을 소중하게 여기는 가치관이다. "오늘보다 내일이 더 나아질 것이다"라는 생각은 하지 않는다. 일본 경제의 회생 따위는 바라지도 않는다. 혁명 역시 원하지 않는다.[19]

백수가 과로에 시달리는 이유

『우리는 차별에 찬성합니다』라는 도발적인 책으로 한국 사회에 파문을 일으킨 젊은 사회학자 오찬호는 일본의 젊은이들이 행복한 이유는 오히려 절망적인 일본 사회 덕분이라도 비틀어 이야기한다. 즉, 젊은이들이 더 이상 희망적인 미래를 기대하지 않기 때문에, 다시 말해 미래를 포기했기 때문에 비로소 행복할 수 있다는 것이다. 그리고 아직도 절망의 나라에서 행복할 수 있다는 기대를 포기하지 못하고 있는 대한민국의 젊은이들을 동정한다.[20]

인류의 조상인 호모 사피엔스는 약 20만 년 전 지구에 등장해 생존을 위한 달리기를 시작했다. 처음엔 각자 흩어져 달렸지만, 함께 달리는 게 생존율을 높일 수 있다는 걸 깨달은 후로는 함께 무리를 지어 달리기 시작했다. 빨리 달릴 수 있다고 혼자 달려 나가는 호모 사피엔스도 없었다. 덕분에 호모 사피엔스는 생존을 위협하고 있는 많은 불확실성으로부터 벗어나게 되었다. 생존의 문제를 해결한 호모 사피엔스는 조금씩 이익을 위해 달리기 시작했다. 더 빨리 달리기 위해 말을 타고 달리는 호모 사피엔스도 등장했고, 가끔은 뒤처지는 걸 견디지 못하는 호모 사피엔스도 있었다. 앞서 달리는 호모 사피엔스를 따라잡기 어렵다고 판단이 되면 아예 달리는 방향을 바꾸는 호모 사피엔스도 있었다.

모든 호모 사피엔스가 방향 바꿔 달리기에 성공한 것은 아니지만 만약 성공하게 된다면 처음 방향을 바꾼 호모 사피엔스는 맨 앞을 차지할 수 있었다. 이제는 자신을 따라오는 호모 사피엔스에 대한 처리가 고민이 되었다. 적당히 달리자니 뒤따라오는 호모 사피엔스에게 앞을 내어 줄 것 같고, 너무 빨리 달리자니 자신처럼 방향을 바꾸거나 아예 따라오지 않는 호모 사피엔스가 생길 수도 있기 때문이다. 선두에 있는 호모 사피엔스는 자신을 따라 달리고 있는 호모 사피엔스에게 방향에 대한 확신을 심어 주는 것이 필요했다. 가끔은 적당한 떡고물을 떨어뜨리는 것이 효과적일 때도 있었다.

이제 선두를 따라잡기 위해서는 말보다 더 빨리 달릴 수 있는 무언가가 필요했다. 자전거가, 자동차가, 그리고 하늘을 나는 비행기가 만들어졌다. 생존을 위해 달릴 때는 안전한 곳이 나타나면 그나마 잠시 쉴 수도 있었다. 하지만 이익을 위한 달리기는 중간에 쉬는 것이 불가능했다. 목표가 생존이 아니라 이익이기 때문이었다. 생존을 위한 달리기의 기준은 삶과 죽음이었지만, 이익을 위한 달리기는 다른 호모 사피엔스보다 더 빨리 달리는 것이 기준이자 목표이기 때문이다. 어느새 호모 사피엔스의 달리기에서 생존이라는 목표는 완벽하게 사라졌고, 오직 경쟁이라는 수단만 남게 되었다.

생존을 위한 달리기에서 가장 중요한 건 선두와 후미의 간극이었다. 선두와 후미가 서로의 시야에 들어와야 생존을 위한 달리기의 의미가 있었다. 하지만 이익을 위해 달리는 호모 사피엔스는 굳이 자신의 뒤통수를 뒤따라오는 호모 사피엔스에게 보여 줄 필요가 없었다. 단지 자신을 따라오게 하는 것만이 중요했다. 후미에서 달리는 호모 사피엔스의 시야에서 선두의 뒤통수가 사라진 지는 꽤 오래되었다. 그럼에도 불구하고 달리기를 멈출 수 없는 이유는 단지 선두가 남긴 발자취가 사라질지도 모른다는 불안감 때문이었다. 후미에는 다양한 호모 사피엔스가 난무했다. 맨 앞에서 달리는 호모 사피엔스의 그 멋들어진 뒤통수를 본 호모 사피엔스도 있었고, 가끔은 같이 선두에서 달리다 뒤처진 호모 사피엔스도 있었다. 맹목적으로 선두가 남긴 발자취를 좇는 호모 사피엔스도 있었고, 보이지도 않는 선두의 뒤통수를 좇느니 주변에 펼쳐진 풍경으로 눈을 돌리는 호모 사피엔스도 하나둘 생겨나기 시작했다. 선두가 지나간 자리에는 이익을 위한 달리기에 필요하지 않은 찌꺼기들이 버려져 있었다. 만약 호모 사피엔스가 이익이라는, 생존과 무관한 경쟁에서 벗어날 수만 있다면 다른 종류의 행복을 누리는 데 충분한 질과 넉넉한 양의 찌꺼기였다.

성공과 행복을 위해서는 IQ$^{지능\ 지수}$보다 EQ$^{감성\ 지수}$가 더 중요하다는 주장으로 사회적 반향을 일으켰던 심리학자 대니얼 골먼^{Daniel Goleman}은 최근 미래 사회에는 IQ도 EQ 도 아닌 SQ^{사회 지능}가 더 중요하다는 새로운 화두를 제시했다.[21]

지능이 뛰어난 호모 사피엔스가 인류를 이끌던 시대는 지났다. 뒤따라오기를 주저하고 있는 호모 사피엔스에게 자신을 따라오라며 감성으로 호소하는 것도 이제 한계에 봉착했다. 사회 지능을 발휘하기 위해선 무작정 앞만 보고 달려서는 안 된다. 불확실한 미래를 향한 질주를 멈추고 주변을 살펴야 한다.

한때 어쩌다 공무원이었던 난 새내기 공무원들에게 윗사람이 지시한 일을 100% 하고 나면 칭찬이 아니라 200%의 일이 돌아오니 적당히 70%만 하라고 조언했다. 그리고 남는 30%의 시간에는 옆을 보거나 뒤를 살피라고……. 우리는 각자에게 주어진 역할에 충실하면 할수록 더욱더 불행에 빠지는 묘한 시대에 살고 있다. 필자는 시민과 함께 거버넌스를 하려니 일이 진행이 안 된다고 한탄을 하는 친한 공무원에게 이렇게 얘기했다.

"종인아, 너무 열심히 하지 마~ 네가 열심히 할수록 시민과 간극만 더 벌어져!"

행복은 불확실한 미래가 아니라 현실 속 어딘가에 있다. 현실 속에서 행복을 찾을 수 있다면 절망의 나라에서도 행복한 백수로 살 수 있다.

304

국민의 4대 의무?
헌법부터 바꾸자!

촛불을 들고 거리를 한 번이라도 누벼 본 사람이라면 헌법 전문은 아니더라도 제1조 정도는 늘 뇌리에 머물러 있을 것이다.

대한민국은 민주공화국이다

대한민국은 민주공화국이다

대한민국의 모든 권력은

국민으로부터 나온다

(무한 반복)

민중 가요 작곡가 윤민석이 작곡한 <대한민국 헌법 제1조>라는 노래다. 헌법 제1조 외에도 대한민국 헌법은 사실 우리가 어렸을 때부터 배우고 접했던 다양한 상식과 기억들의 집합소다. 지나치게 상식적이고 당연한 내용들이라 만약 대한민국 헌법을 시험으로 본다면 그 난이도가 운전면허 시험과 막상막하일 것이다. 그런데 늘 함정은 당연함 속에 존재한다. 만약 미세 먼지가 우리를 괴롭히지 않았다면 맑고 깨끗한 공기의 소중함을 알 수 있었을까? 헌법도 마찬가지다. 마치 공기처럼 있는 듯, 없는 듯 존재하다가 갑자기 우리들의 뒤통수를 후려친다. 모두 알고 있다시피 헌법에 정한 국민의 4대 의무는 교육[31조], 근로[32조], 납세[38조], 국방[39조]의 의무이다. 필자는 국민의 4대 의무 중에서도 교육과 근로의 의무에 한번 딴지를 걸어 보고자 한다. 먼저 교육의 의무에 대해 살펴보자.

제31조

① 모든 국민은 능력에 따라 균등하게 교육을 받을 권리를 가진다.

② 모든 국민은 그 보호하는 자녀에게 적어도 초등교육과 법률이 정하는 교육을 받게 할 의무를 진다.

③ 의무교육은 무상으로 한다.

④ 교육의 자주성·전문성·정치적 중립성 및 대학의 자율성은 법률이 정하는 바에 의하여 보장된다.

⑤ 국가는 평생교육을 진흥하여야 한다.

⑥ 학교교육 및 평생교육을 포함한 교육제도와 그 운영, 교육재정 및 교원의 지위에 관한 기본적인 사항은 법률로 정한다.

시작부터 이상하다. 1항에 쓰인 '능력에 따라'와 '균등'은 서로 이율배반되는 내용이다. 이 내용이 차별을 허용하는 조항인지, 아니면 평등을 지향하는 내용인지 당최 알 수가 없다. 근대 교육은 애초에 계급별 사회화에 선발 기능이 탑재되며 시작되었다. 근대 교육 이전에는 노예나 평민이 단지 공부를 잘한다고 귀족이 되는 경우는 없었다. 노예는 귀족의 지배로부터 자신의 생명을 지키기 위해 태어날 때부터 노예로서의 삶을 살아갈 수 있도록 교육받는다. 귀족은 보다 세련되게 노예를 지배하기 위해 와인의 맛을 구별한다든지, 포크와 나이프를 사용하는 방법이나 순서 등 생존의 문제와 크게 관계 없는 내용을 배움으로써 자신이 노예와는 다르다는 것을 학습한다. 근대 교육이 부여한 가장 중요한 가치는 누구든 교육을 통해 지위를 성취할 수 있다는 열린 가능성이었다. 그런데 "능력에 따라 균등하게 교육을 받을 권리"라니 이게 말인가, 막걸리인가?

다음은 4항이다. 대한민국의 헌법은 비인격체인 교육에 자주성을 부여했다. 자주성이란 스스로 일을 처리할

수 있는 능력이나 성질이다. 사회화의 도구였던 교육이
선발 기능으로 인해 계층 상승의 사다리가 되면서, 많은
사람들은 교육을 개천에서 허우적거리고 있는 자신을 용
으로 만들어 줄 수 있는 유일한 수단으로 여겼다. 충효를
근간으로 하는 유교 사회였던 조선 시대에 스승은 임금
과 부모와 동격, 아니 그 이상이었다. 임금이나 부모가 해
줄 수 없는 계층 상승이 스승을 통해서는 가능했기 때문
이다. 그래서 등장한 말이 바로 '군사부일체'다. 정성원은
"현대 한국 사회의 대다수 학부모들이 자녀의 미래 설계
와 관련해서 한 번은 생각했을 인생 지도는 태교 / 원정
출산 → 탈세 및 자녀 상속 / 위장 전입 → 영어 유치원 /
특목고 / SKY 입학 → 병역 면제 → 자기 계발 → 신위^{죽은}
_{사람의 영혼이 의지할 자리. 죽은 사람의 사진이나 지방(紙榜) 따위를 이른다.} 등"이라며
한국 사회를 총체적으로 과잉 교육화된 사회라고 비판했
다. 한때 대한민국의 가장 중요한 성장 동력이었으나 지
금은 학생들을 자살로 내몰고 있는 대한민국의 교육을 바
꾸기 위해선 가장 먼저 교육으로부터 자주권을 빼앗아야
한다.

　다음은 근로의 의무에 대한 딴지다.

제32조

① 모든 국민은 근로의 권리를 가진다. 국가는 사회적·경제적

방법으로 근로자의 고용의 증진과 적정임금의 보장에 노력하여야 하며, 법률이 정하는 바에 의하여 최저임금제를 시행하여야 한다.

② 모든 국민은 근로의 의무를 진다. 국가는 근로의 의무의 내용과 조건을 민주주의 원칙에 따라 법률로 정한다.

③ 근로조건의 기준은 인간의 존엄성을 보장하도록 법률로 정한다.

④ 여자의 근로는 특별한 보호를 받으며, 고용·임금 및 근로조건에 있어서 부당한 차별을 받지 아니한다.

⑤ 연소자의 근로는 특별한 보호를 받는다.

⑥ 국가유공자·상이군경 및 전몰군경의 유가족은 법률이 정하는 바에 의하여 우선적으로 근로의 기회를 부여받는다.

헌법 제32조에는 우리가 얼마나 당연하게 헌법을 어기며 살고 있는지 잘 드러나 있다. 대한민국의 여성이 근로를 하는 데 특별한 보호를 받고 있으며, 고용·임금 및 근로 조건에 있어서 부당한 차별을 받지 아니하고 있는가? 뿐만 아니다. 대한민국 국민은 근로의 의무를 다하기 위해 세계 그 어느 나라의 국민보다 더 열심히, 더 많은 시간을 준비하고 노력하고 있지만 근로의 기회를 얻기란 하늘에 별 따기만큼 어렵다. 의무를 다하려면 치열한 경쟁에서 승리해 일자리를 쟁취해야 한다. 만약 국가가 지금처럼 근로의 의무를 헌법으로 계속 명기하려면 방법은 두 가지다. 기업이 할 수 없다면, 국가가 완전 고용을 하든지, 아니면 비록 이 시대가 원하는 부가가치를 창출해 내지 못하더라도 국민이 하고 있는 모든 행위를 근로로 인정해 그에 상응하는 대가를 국가가 지불하는 것이다. 어쩌면 코로나19로 인해 수면 위로 떠오르기 시작한 기본 소득에 대한 논의가 바로 이 근로의 의무와 연관이 있는지도 모르겠다.

지금 우리가 준수하고 있는 헌법은 1987년 6·10 민주화 항쟁을 통해 대통령 직선제를 주요 골자로 개헌되었다. 그리고 30년이 넘게 흘렀다. 그동안 구구절절하게 말로 다 할 수 없는 변화가 있었다. IMF 외환 위기를 넘겼으며, 헌정 사상 최초로 수평적 정권 교체도 이루었다. 인터넷이 대한민국 방방곡곡을 넘어 모든 개인에게 연결되었으며, 인공 지능이 인간의 노동을 빠르게 대체해 가고 있다. 촛불 혁명과 함께 직접 민주주의에 대한 요구가 최고조에 다다르고 있다. 이 모든 변화를 한 마디로 통치자면 "불확실성이 매일매일 최대치를 경신하며 인류가 더 짙은 안갯속으로 들어가고 있다"고 할 수 있다. 그리고 인류는 언제 끝날지 알 수 없는 코로나19의 터널을 지나는 중이다.

오래된 규칙은 산산조각 나고, 새로운 규칙은 아직 쓰이지 않았습니다. 결과적으로 코비드19 이후의 세상은 어떠할 것인지 예측하기란 불가능해졌습니다. 확실성은 이제 바닥을 쳤어요. 선택의 자유는 최고치에 다달았습니다.[22]

미래의 예측이 어느 정도 가능하다면 가장 뛰어난 지도자에게 판단을 위임할 수 있다. 그러나 그 누구도 미래를 예측할 수 없다면 그 판단의 권한은 모두에게 주어져야 한다. 그 모두 중에 하찮은 백수가 있다고 하더라도……. 지난 2017년 장미 대선을 앞두고 여와 야는 모두 자치 분권을 포함한 개헌에 동의했다. 여야의 정쟁으로 한 차례 시기를 놓쳤고, 앞으로 어떻게 될지는 모르지만, 모쪼록 개헌과 함께 국민의 4대 의무도 시대에 맞게 개정이 되었으면 좋겠다.

305

새로운 노동의 가치를
개척하는 백수

인류의 직접 조상인 호모 사피엔스가 지구상에 출현한
이래로 노동의 목표와 가치는 시대에 따라 변화를 거듭
해 왔다. 지금 우리가 굳게 믿고 있는 노동의 목표와 가치
가 만고불변의 진리가 아니라는 의미다. 수렵과 채집 시
대엔 생존이었던 인류의 노동 목표가 농경 시대엔 생산이
되었고, 자본주의 시대에 이르러 부가가치를 통한 이윤의
창출로 변해 왔다는 것은 앞서 1장에서도 이야기했다. 그
렇다면 코로나19가 언제 끝날지 모르는 불확실성의 시대,
새로운 노동의 목표는 무엇일까? 그리고 노동의 가치 기
준은 어디에 두어야 할까?

노동의 목표와 가치 기준은 그 사회의 목표가 생존이
냐, 아니면 이익이냐에 따라 달라진다. 인간은 생존 앞에

서는 연대와 협력을 하지만, 이익 앞에서는 경쟁을 한다. 인간이 자연으로부터 떨어져 나와 독자적으로 문명을 개척할 수 있었던 본질적 이유는 생존의 문제를 해결하기 위한 수단으로 그저 우연한 기회에 연대와 협력을 선택했기 때문이다.

생존을 위해 수렵을 하던 호모 사피엔스는 가끔 혼자서는 도저히 감당이 안 되는 강적을 만났을 것이다. 그리고 그 강적에게 물려 죽기를 반복하던 어느 날, 우연히 옆을 지나던 호모 사피엔스 무리와 협력해 마침내 강적을 사냥하는 데 성공한다. 강적을 무찌르고 난 후 생존의 문제에서 벗어난 호모 사피엔스는 이제 사냥한 강적을 어떻게 나눌지 이익 투쟁을 하게 된다. 누가 더 사냥에 결정적인 역할을 했는지는 중요하지 않았을 것이다. 그 중 가장 힘이 센 호모 사피엔스가 사냥한 강적의 대부분을 차지하고 가장 힘이 약한 호모 사피엔스는 가장 쓸모없는 부위를 차지한다. 그런 일이 반복되면 이제 더 이상 힘이 약한 호모 사피엔스는 협력 사냥에 참여하지 않을 것이다. 그러기를 또 무수히 반복한 결과 호모 사피엔스는 깨닫는다. 생존에서 완벽하게 벗어날 때까지는 자신의 동물적 본성을 드러내면 안 된다는 사실을……. 호모 사피엔스는 생존을 위해 동물적 본성을 억누르는 과정에서 이성 능력을 키워 왔고, 그렇게 자연으로부터 분리되었다.

2018년 핀란드와 덴마크로 교육 연수를 갔던 적이 있다. 난 핀란드 국가 교육 위원회의 브리핑을 들으며 북유럽이 교육 선진국이 될 수 있었던 이유에 대해 생각해 보았다. 거대하고 척박한 땅에 상대적으로 적은 인구가 살고 있는 핀란드를 비롯한 북유럽 국가들은 생존을 위해 보다 공정하고 평등한 사회를 만들기 위해 노력해 왔을 것이다.

국가	면적	인구	인구 밀도 (순위)
한국	100,387km²	51,635,256	515명/km² (16위)
덴마크	43,094km²	5,432,335	126명/km² (126위)
스웨덴	449,964km²	9,001,774	20명/km² (155위)
핀란드	338,145km²	5,223,442	15명/km² (162위)

북유럽 3국과 한국의 인구 밀도 비교 출처 : 위키백과

불공정과 불평등한 방식으로 상대적으로 열등한 사람을 배제하고 나면 정작 필요할 때 그들의 도움을 받을 수 없게 된다. 그리고 교육은 그러한 노력의 결과를 지속 가능하게 유지시키기 위해 단지 "거들고 있다"는 느낌을 받았다. 교육^{손가락}은 보다 공정하고 평등하기 위해 노력하는 사회^달를 가리키고 있는데, 우리는 교육 선진국인 북유럽은 보지 않고, 그 사회를 가리키고 있는 교육만 쳐다보고 온다. 사회가 권위적이면 교육도 권위적이 되고, 사회가 불공정하면 교육도 수단과 방법을 가리지 않고 경쟁에 몰

세계는 마을이 구하고, 마을은 배수가 지킨다

입한다. 혹시, 우리는 대한민국 사회가 가지고 있는 권위주의와 불공정의 문제를 가리기 위해 그 책임을 교육에 일방적으로 전가하고 있는 것은 아닐까?

생존의 문제에서 벗어나기 시작할 즈음 인간은 서로 더 큰 이익을 가져가기 위해 투쟁했다. 이른바 마르크스가 본 계급 투쟁의 관점이다. 생존과 이익의 관계는 참으로 오묘하다. 생존을 위해서는 이익을 추구하는 자유 의지를 억눌러야 하고, 반대로 과도한 이익 투쟁의 결과 인류는 생존이 위태로운 처지에 이르게 되었다. 생존을 위해 평등을 선택할 것인지, 이익을 위해 자유를 선택할 것인지는 인류가 풀어야 할 영원한 숙제다. 단순히 가치를 대입시켜 평등이 더 옳다거나, 자유가 더 중요하다고 이야기할 수 없다. 생존의 시대에는 평등이, 이익이 확장되는 시대에는 자유가 힘을 발휘했다. 노동의 목표와 가치의 기준을 정하기 전에 우리는 우리에게 당면한 시대의 본질을 먼저 진단해야 한다. 지금이 생존 투쟁의 시대인지, 아니면 이익 투쟁의 시대인지, 대중들은 생존과 이익 사이에 어떠한 목표를 더 지향하고 있는지…….

백수는 그동안 노동의 가치 기준에서 밀려나 있었다. 스스로 물러난 경우도 있지만, 대부분은 말 그대로 밀려나 있었다. 이익의 시대, 의도한 것은 아니겠지만 백수는 이익 투쟁에서 물러나거나 밀려나면서 이익 경쟁률을 낮추는 데 기여했다. 엘도라도로 가는 배 한 척이 있다. 그 배는 단 10명만 태울 수 있다. 황금에 대한 기대를 가진 100명이 그 배를 타기 위해 줄을 섰다. 경쟁률은 10대 1이다. 엘도라도로 가는 배에 타지 않는다고 죽는 것은 아니다. 단지 황금을 통해 얻을 수 있는 기대 이익을 포기할 뿐이다. 10명이 배에 타기를 포기했다. 경쟁률은 9대 1이된다. 이번에 추가로 40명이 다른 길을 가기 위해 항구를 떠났다. 경쟁률은 다시 5대 1로 떨어진다. 골드 러쉬를 위해 경쟁을 하던 사람들은 경쟁을 포기한 백수로 인해 심리적 안정을 되찾는다.

우리는 지금까지 오직 이익의 관점에서 경쟁에 참가한 사람들이 황금을 얼마나 차지하는지는 계량해 왔지만, 이익에서 밀리거나 물러난 백수들로 인해 경쟁에 참여한 사람들이 어떤 심리적 이익을 얻었는지에 대해서는 관심조차 갖지 않았다. 구조적으로 대한민국의 모든 고3이 서울대에 입학할 수 있는 절대적 실력을 가지고 있다고 치자. 지금도 지옥 같은 입시 경쟁은 그야말로 지옥 그 자체가 되지 않겠는가? 백수들은 이익 투쟁에 빠져 있는 무한 경쟁에 비껴 나 있으므로 해서 지금까지 계량화할 수 없는 가치로 인류의 생존을 거들어 왔는지도 모른다.

306

풀꽃도 꽃이고, 백수도 시민이다

『태백산맥』과 『아리랑』, 그리고 『한강』을 통해 대한민국 근현대사를 대하소설로 재조명한 작가, 조정래는 몇년 전 『풀꽃도 꽃이다』라는 교육 소설을 발표했다. 대한민국 근현대사를 조망해 온 거장의 눈에도 현재 대한민국의 가장 큰 문제가 선발을 중심으로 한 경쟁 입시 교육이라고 느꼈던 것 같다. 제목이 인상적이다. 장미나 백합, 국화만 꽃이 아니라 들에 흔하게 피는 풀꽃도 꽃이라는 의미다. 하지만 이 당연한 제목이 퍽 낯설다. 고사리나 이끼처럼 꽃이 피지 않는 포자식물도 있지만, 우리가 알고 있는 대부분의 식물은 꽃을 통해 번식을 하고 열매를 맺는다. 하지만 우리는 화려하게 핀 꽃 뒤에 숨어 있는 생명의 의미를 보려고 하지 않는다.

나에게 의미가 없다고 해서 나와 무관하게 존재하고 있는 모든 생명이 의미가 없는 것은 아니다. 백수처럼 풀꽃도 존재 그 자체로 아름다운 꽃들을 더욱 돋보이게 하는 역할을 한다. 거듭 말하지만 이익이 중심이 되는 시대에는 더 많이 가진 자와 덜 가진 자 사이에 수직적 권력 관계가 형성된다. 하지만 생존이 중심이 되는 위기의 시기가 되면 수직적 권력 관계는 서로 협력하는 수평적 역할 관계로 작동한다. 임진왜란 때 궁을 버리고 도망친 왕이 예뻐서 민초들이 의병을 일으켰겠는가? 하지만 수평적 역할 관계는 평상시에는 권력이라는 구조 안에 숨어 있어 잘 드러나지 않는다.

필자가 서울시 교육청에 어쩌다 공무원으로 있을 때 엘리베이터 안에서 청소를 하시는 분들과 자주 마주쳤다. 하루는 '만약 저분들이 안 계셨으면 내가 청소도 하며 일을 했겠구나!' 하는 생각이 들었다. 우연히 이런 생각을 하자 생각은 다시 꼬리를 물고 이어졌다. 교육청에는 교육 행정을 하는 일반직과 교사 출신으로 시험을 보고 장학사가 된 전문직이 있다. 일반직은 역할에 따라 수없이 다양한 직종으로 분류되며, 전문직을 구성하는 장학사도 초등 교사 출신의 초등 장학사와 중·고등학교 출신의 중등 장학사가 있다. 그 외에 교육청의 모든 것을 결정하는 교육감이 있고, 교육감의 정책 결정을 보좌하는 정무직 공무원들이 있다. 아무리 군대와 행정이 계급화된 사회라지만 이들 모두가 서로를 권력 관계로 인식하기 시작하면 답을 찾기가 어려워진다.

대표적인 예가 일반직과 전문직 간의 갈등이다. 행정고시를 패스하는 경우가 아니면 보통 9급으로 시작하는 일반직은 대부분 학교에서 공무원 생활을 시작한다. 학교에는 교무실과 행정실이 있다는 것쯤은 잘 알고 있을 것이다. 교무실은 교육 전문직인 교사가, 행정실은 교육 행정직인 일반직이 근무를 한다. 학교가 학생 그리고 학부모와 일차적 관계를 맺고 있는 교사 중심으로 운영될 것이라는 것은 충분히 미루어 짐작할 수 있다. 학교에서는 미세하게 또는 눈에 보이게 전문직의 사정은 우대되고, 일반직의 사정은 무시될 것이다. 이렇게 일반직은 학교 행정실에서 근무하며 뭐라 표현할 수 없는 박탈감을 안고 공무원 생활을 시작한다. 일반직 공무원이 승진을 하고 능력을 인정받으면 학교를 지원하는 교육청에서 일할 기회가 주어진다. 교육청에서 일을 하고 있는데 교사 출신의 장학사가 전문직이라는 이름으로 들어온다. 일반적으로 교육청 안에서 전문직 장학사는 학교 현장의 경험을 바탕으로 교육 정책을 생산하며, 일반직 교육 공무원은 전문직이 만든 교육 정책이 행정 안에서 실행될 수 있도록 지원을 한다. 여기서 문제가 발생한다. 전문직 중심으로 돌아가는 학교나 일반직 중심으로 운영되는 교육청이나 일반직과 전문직이 서로를 권력 관계로 인식한다는 것이다. 학교에서 어쩔 수 없이 '하찮은' 행정 업무를 감수해 왔던 일반직들은 이번엔 교육청에 들어온 전문직 장학사들에게 자신들이 해 왔던 행정 업무를 요구한다. 그리하여 교육청에는 교육 '정책'은 사라지고 교육 '행정'만 남게 된다.

앞에서 잠깐 언급했지만, 농경 이후 시작된 계급 사회는 잉여 생산물의 차지가 아닌 잉여 생산물이 필요했기 때문에 만들어진 사회 구조일 가능성이 적지 않다. 생존을 위한 역할 분담이 이익을 중심으로 전문화되면서 지배와 피지배라는 권력 관계로 고착된 것이 소위 계급 사회다. 군대나 공무원 사회의 계급 체계 또한 효율적인 관료제를 운영하기 위해 시작된 것이지 계급 그 자체가 목적은 아니었을 것이다. 권력 관계를 역할 관계로 전환하기 위해 필자가 자주 인용한 것이 바로 빙산의 역할 관계다.

우리 사회를 빙산에 비유하면 구조적으로 17%의 빙산은 물 위에 떠올라 소위 빙산의 일각이 된다. 빙산의 나머지 83%는 물속에 잠겨 있다. 빙산 아래에서 아무리 경쟁

을 해 수면 위로 올라간다고 하더라도 구조적으로는 그저 위치가 뒤바뀔 뿐이다. 빙산에서 수면 아래에 잠긴 부분이 하찮다고 하여 잘라 낸다면 17%의 83%는 다시 수면 아래로 잠길 것이다. 맹목적으로 더 큰 이익과 권력을 쥐기 위해, 수면 위에 떠오르기 위해 경쟁할 것이 아니라, 저 구조를 어떻게 지켜 낼 것인지 각자의 역할에 대한 고민이 필요하다. 빙산을 중심으로 한 권력 관계는 결국 빙산의 아랫부분을 괴멸시켜 빙산을 가라앉게 만들 뿐이다.

빙산의 맨 아랫부분은 아마 백수들의 자리일지도 모른다. 역할이라는 구조의 관점으로 바라보면 빙산의 일각이나 빙산의 맨 아래나 모두 쓸모가 있다. 1등부터 꼴등을 수직으로 세워 놓으면 우열과 열등의 관계가 되지만, 수평으로 뉘이면 1등의 아래가 아닌 옆에 있는 다양한 재능을 볼 수 있다. 풀꽃도 꽃인 것처럼 백수도 이 사회를 구성하고 있는 어엿한 시민이다. 권력 관계에서 역할 관계로 관점을 전환하면 풀리지 않던 많은 문제들을 풀어낼 수 있다.

307

철마는 달리고 싶고,
백수는 일하고 싶다

얼마 전 장성에 회의가 있어 갔다가 잠깐 짬이 나 기타를 꺼내 들었는데, 그 사진을 페이스북에 올렸더니 한 선배가 "이제 그만 놀고 일하실 때가 되지 않았소?"라며 댓글을 달아 주셨다.

물론 내가 전문적으로 기타를 연주해 돈을 버는 프로는 아니지만 서울의 모 구청 길거리 예술단에 소속되어 버스킹을 해 소정의 대가를 받은 적도 있다. 한량스러운 필자의 여유가 부러워서 그렇게 댓글을 달았을 수도 있지만 일을 하라니, 일이라는 게 도대체 뭘까? 기타를 연주하는 일은 일이 아니란 말인가? 과거에는 생존을 위해 일을 했고, 농경 사회에서는 생산을 위해 고단한 노동을 했다. 하지만, 지금 우리가 살고 있는 자본주의 시대에는 돈이 생기지 않는 일은 일이 아니라고 보는 편견이 있는 것 같다. 아이를 돌본다고 어디서 돈이 떨어지지는 않는다. 신경통으로 고생하시는 부모님 어깨를 주물러 드린다고 매번 용돈을 주시지는 않는다. 밀린 설거지를 한다고 아내가 그 노동의 가치를 돈으로 환산해 지불하지도 않는다.

자본주의 이전에 일은 천한 아랫것들이나 하는 것이었다.[23] 그 하찮은 노동에 신성한 가치를 부여한 것은 다름 아닌 마르크스였다. 마르크스는 근대 인류에게 두 가지 중요한 '관점'을 제시했는데, 바로 '노동'과 '계급'이다. 마르크스 이전의 노동은 피지배 계급이나 하는 천한 행위였다. 하지만 마르크스는 그 천한 행동이 바로 역사 발전의 원동력이라고 보았다. 노동의 가치는 신성한 것이 되었고, 그러한 인식의 확대는 마르크스의 의도와 무관하게 자본가에게도 득이 되었다. 노동을 신성하다고 여기지 않았다면 어떻게 자본가들이 자신의 이윤 창출을 위해 노동자에게 일방적으로 노동을 강요할 수 있었겠는가! 산업 자본주의가 복잡해질수록 노동 또한 신성하게 '분화'되었다.

노동을 이윤 창출의 관점으로만 보면 부동산이나 주식에 투자를 하거나, 그도 아니면 사기를 치는 것이 가장 가치 있는 노동이 된다. 물론 자본주의가 다른 경제 체제에 비해 어마어마한 생산력을 만들어 낼 수 있었던 이유는 더 많은 이익을 낼 수 있는 투자의 기회가 보장되었기 때문이다. 노동의 모든 가치는 얼마큼의 이윤을 만들어 낼 수 있느냐로 치환된다. 우리를 괴롭히고 있는 여러 가지 고통에서 벗어날 수 있는 가장 중요한 한 가지를 꼽자면 노동의 가치를 우리가 살고 있는 시대에 맞게 바꾸는 것이다. 주어진 기준에 그저 따라가는 것이 아니라 주어진 기준이 나의 행복에 어떤 작용을 하고 있는지를 의심하고 따져 보며 새로운 가치를 합의해 내는 것이다.

인간은 잠을 잘 때도 칼로리를 소비한다고 알려져 있다. 잠을 자면서도 에너지를 소비하며 일을 하고 있는 것이다. 일을 안 하고 멍 때리고 있다고 아무 일도 안 하는 것이 아니다. 오히려 창의적인 생각을 해야 하는 지식 노동이라면 일에서 벗어나는 것이 더 효율적인 경우가 있다. 이건 필자가 일상적으로 하는 경험이다. 처음 책을 내기로 출판사와 구두 계약을 하고 글을 쓰기 위해 앉았다. 필자는 하루 종일 카페에 앉아 한 자도 쓰지 못했다. 마침 술이나 한잔 하자는 후배들의 꼬임에 못 이기는 척 넘어가기 위해 자리를 떴는데, 머릿속에서 내가 쓰려고 했던 글의 키워드들이 기가 막힌 문장과 함께 떠오르기 시작했다. 아마 다시 글을 쓰기 위해 자리에 앉았다면 사라졌겠지만……

스티브 잡스가 사용자 인터페이스^{GUI}를 모방했다고 알려진 최초의 개인용 컴퓨터 알토^{Alto}를 만든 앨런 케이^{Alan Kay}는 회사 사무실 구석에 14,000 달러의 샤워기를 설치해 달라고 회사에 요구했는데, 그 이유는 그가 대부분의 아이디어를 샤워를 하는 도중에 얻기 때문이었다. 물론 회사는 그의 제안을 거절했다. 90년대 문화 대통령으로 시대를 앞선 노래를 만든 서태지 역시 잠자는 시간에 좋은 멜로디가 많이 떠올라 침대 옆에는 항상 녹음기를 두었다고 한다. 시카고 대학의 미하이 칙센트미하이^{Mihaly Csikszentmihalyi} 교수는 그의 책 『창의성의 즐거움』에서 창의성이 발휘되는 과정을 호기심, 아이디어 잠복기, 깨달음, 여과 과정, 완성의 5단계로 설명한다. 과학 저술가로 유명한 스티븐 존슨^{Steven Johnson} 역시 이 유레카 순간을 만들기 전에 '인큐베이터 순간^{Incubator period}'은 필수적이라고 말한다. 칙센트미하이 교수가 말한 잠복기와 깨달음 단계 사이에는 의식에 의해 정돈되지 않은 아이디어^{잠복기}가 스스로 움직이게 되어 뜻하지 않은 결합^{깨달음}이 만들어지는 것처럼 보인다. 인식론자들은 이것을 "아이디어들이 의식적인 지시에서 벗어남^{예: 샤워, 소파, 잠, 헬스장, 산책, 대화 등}에 따라 임의적으로 결합하면서 아무 상관이 없는 것처럼 보였던 아이디어 간의 연결이 잇따라 일어난다"고 설명한다. 샤워장이 무의식적인 몰입을 유도하고 이

몰입이 인큐베이터에 있는 아이디어를 깨어나게 하는 것이다.[24)

　인간은 누구나 존재하는 그 순간부터 일^{노동}을 한다. 갓난아이의 가장 강력한 노동은 부모가 안고 있는 근심을 한 방에 날려 버리는 재롱이다. 갓난아이의 재롱이 직접적인 이윤을 창출하지 못한다고 해서 그 소중한 노동의 가치를 언제까지 하찮게 여길 것인가? 글쓰기 가이드북의 원조, 『작가 수업』을 쓴 도러시아 브랜디^{Dorothea Brande}는 창작은 무의식을 의식으로 옮기는 행위라고 이야기했다. 즉, 우리가 이윤으로 계량할 수 있는 모든 노동의 가치는 그 이면에 계량할 수 없는 무의식이 뒷받침하고 있는 것이다. 그런 면에서 백수의 무의식과 아직 시대의 인정을 받고 있지 못한 의식은 그 자체로 인류가 보유하고 있는 소중한 자산이다.

308

아버지의 사랑은
무덤까지 간다

지금은 사춘기의 끝자락에 대롱대롱 매달려 있는 딸이 몇 년 전 중학생 때 타투를 하고 싶다고 한 적이 있다. 그때는 딸에게 그런 말을 듣는 것 자체가 고통스러웠지만, 지금 생각해 보면 무작정 저지르지 않고 먼저 내게 동의를 구해 준 딸이 고맙다는 생각이 든다. 난 미성년인 딸의 신체에 대한 권리는 부모에게 있으니, 감히 내 소중한 딸의 몸에 손대지 말라고 엄포를 놓았다. 신체발부는 수지부모 어쩌구하는 케케묵은 공자님 말씀을 소환하기도 하면서……. 그때는 서울시 교육청에 있을 때였는데, 마침 주차 관리를 하고 있는 잘 생긴 공익 근무 요원이 목과 팔뚝에 타투를 하고 있길래 물어보았다, 중학생 딸이 타투를 하고 싶어 하는데 어떻게 하면 좋겠냐고……. 그 친구는 자기도 지금은 후회가 된다며 나중에 돈을 벌어 지울 생각이라고 했다. 부모 몰래 타투를 했다가 아버지한테 눈물이 쏙 빠지도록 맞았다고……. 그러다가 문득 팔에 있는 타투의 문구 The father's love lats to the grave, the mother's love eternaly. 가 눈에 들어와서 무슨 내용인지 물어보았다.

"이거요? 아버지의 사랑은 무덤까지 가고, 어머니의 사랑은 영원하다는 뜻이에요."

순간 나도 모르게 웃음이 터졌다. 딴에는 부모님의 사랑을 몸으로 기억하고 싶어서 타투를 한 것인데, 아버지는 묻지도 따지지도 않고 아들에게 물리력을 행사한 것이다. 아버지가 만약 타투의 의미를 먼저 물어봤다면 어땠을까?

예전엔 '앨런 아이버슨'이라는 농구 선수가 목에 '忠'이라는 타투를 해 신기해했던 적이 있다. 앨런 아이버슨이 과연 저 한자를 알고 있을지도 궁금했고……. 영국의 축구 영웅 데이비드 베컴은 한 술 더 떠 '生死有命 富貴在天 생사유명 부귀재천'이라는 공자님 말씀을 몸에 새겼다. 죽고 사는 것은 운명에 달려 있고, 부귀는 하늘에 달려 있다는 뜻이다.

인터넷을 찾아보니 앨런 아이버슨이나 데이비드 베컴이나 몸에 타투를 새기는 특별한 의미가 있다고 한다. 앨런 아이버슨은 주로 자신의 경험, 결핍 그리고 세상에 하고 싶은 말 등을 몸에 새긴다고 한다. 목에 새긴 '충忠'도 가족과 친구들에게 충실하기 위해 새겼다고……. 데이비드 베컴의 경우는 종교와 가족에 관한 내용이 타투의 주 내용이다. 한번은 개인 비서와의 염문설에 즈음하여 새긴 "역경에 마주하여in the face of adversity"라는 타투로 인해 아내와 별거를 하기도 했다고 한다.

나는 확실히 타투에 편견을 가지고 있다. 중학생 딸의 타투를 반대했던 것도 편견 때문이다. 그런데 스스로 편견을 가지고 있다고 인정하는 것은 쉽지 않다. 그래서 비겁하게 편견을 비비 꼬아서 표현했다. 아빠는 괜찮지만, 우리 사회가 가지고 있는 타투에 대한 편견이 너에게 해가 될까 두렵다고……. 타투에 대해 내가 편견을 갖는 이유는 분명하다. 예전에는 문신이라고 불렀던 타투는 주로 조폭들의 상징이었기 때문이다. 지금은 세계적인 배우가 된 송강호를 주목하게 만든 영화, 〈넘버3〉에서 욕쟁이 검사로 열연했던 최민식이 목욕탕에서 온몸에 문신을 한 조폭에게 몸이 무슨 도화지냐고 욕을 하는 장면이 나온다. 나는 아직도 문신을 한 사람을 만나면 되도록 눈을 마주치지 않기 위해 애를 쓴다.

단순한 나의 취향이 누군가에게 권력화된 편견으로 작용하고 있다는 것을 성찰했다면, 그 편견에서 벗어나기 위해 노력을 해야 하지 않을까? 하지만 그 노력이 내 편견을 깨뜨릴 수 있을지는 솔직히 장담할 수 없다. 먼저 타투에 대한 나의 허용 범위에 대해 생각해 보았다. 첫 번째 타투를 하는 대상이다. 앨런 아이버슨이나 데이비드 베컴의 타투는 나와 무관하다. 하지만 목욕탕에서 만난 등빨 좋고 머리 짧은 사람의 타투는 솔직히 무섭다. 길거리에서 만난 청춘 남녀의 타투는 서울시 교육청에서 만난 공익 근무 요원으로 인해 비호감에서 호감 쪽으로 이동하고 있는 중이다. 우리 딸이 하는 타투는? 노 코멘트하겠다. 두 번째는 타투의 내용이다. 내가 모르는 문자가 새겨진 타투는 그저 나에게 그림일 뿐이다. 길거리에서 타투를 한 사람과 만난다고 하더라도 그 타투를 유심히 볼 용기가 없으니 사실 타투의 내용은 나에게 별로 중요하지 않다. 하지만 "차카게 살자"처럼 맞춤법이 이상한 타투가 눈에 비친다면 난 가급적 그 사람과 부딪히지 않기 위해 가던 길을 우회해 갈 것이 확실하다. 마지막으로 세 번째는 타투의 빈도와 위치이다. 하나는 되는데 둘은 안 된다? 아니면, 목까지는 되는데 얼굴은 안 된다? 섣부르게 편견을 깨기 위해 도전해 보았지만 참 어려운 문제다.

작곡가 이상순과 결혼해 〈효리네 민박〉이라는 예능 프

로그램을 찍기도 했던 이효리가 한번은 시어머니와 함께 일본에서 목욕탕에 가게 되었다고 한다. 이효리는 몸에 타투로 호랑이를 그려 넣었는데, 그걸 본 시어머니가 이효리에게 이렇게 이야기했다고 한다.

"우리 며느리가 동물을 참 좋아하는구나~"

우리나라에서 타투는 의료 행위와 예술 행위의 중간 어디쯤에 위치하고 있다. 그러다 보니 예전보다 타투를 한 사람들을 만나는 빈도도 부쩍 늘었다. 한번은 어공으로 있을 때, 사회적 품위를 지키도록 강요받는 공무원의 몸에서 타투를 보고 놀란 적도 한다. 취향과 편견은 우리를 얼마나 촌스럽게 만들고 있을까? 얼마 전 정의당의 류호정 의원이 분홍색 원피스를 입고 국회 본회의장에 참석해 논란이 되었다. 이미 오래전 지금은 작가로 활동하고 있는 유시민 의원이 캐주얼한 자켓에 백바지를 입고 의원 선서를 해 논란이 된 바 있었다. 만약 우리가 타투를 한 사람을 만날 때마다 난 타투를 한 사람과는 이야기하지 않겠다고 한다면, 타투를 한 사람은 국민의 대표인 국회 의원이 될 수 없다고 한다면 우리의 삶은 얼마나 불행할까? 몸에 새긴 타투가 그러할진데, 치사하게 옷 가지고 문제를 삼는 찌질이들이 대한민국을 대표하는 국회 의원이라니……. 혁신은 익숙함과의 투쟁이며, 시민의 성장 척도는 이견을 대하는 태도이다. 자발적 또는 비자발적으로 직장 없이 살아가고 있는 백수에게도 그 사정에 대해 같이 공감해 주고 이해해 준다면, 우리 사회는 지금보다 조금은 더 행복해질 수 있을 것이다.

글 도입 부분에 소개했던 딸은 결국 타투는 안 했지만 귀에 피어싱 몇 개는 뚫었다. 본인 생각에도 타투는 좀 심하다 싶었던 것 같다. 보통은 딸도 글을 쓰고 있어 내가 쓴 글을 공유하는 편인데, 이 글은 딸이 보지 않았으면 좋겠다.

인류에게 내린
축복이자 저주는?

인류에게 내린 가장 큰 축복은?
적응 능력!

인류는 어떠한 환경 속에서도 생존할 수 있는 적응 능력을 지녔다. 인간은 온몸이 털로 뒤덮여 있는 다른 동물에 비해 추위에 약하다. 그래서 추위에 적응하기 위해 식물의 줄기를 엮거나 동물의 가죽으로 옷을 지어 입었다. 인간은 치타처럼 빨리 달릴 수도 없다. 하지만 지구 반대편으로 가장 빠르게 이동할 수 있는 것은 치타가 아닌 인간이다. 인간은 곰이나 코끼리처럼 힘이 세지도 않다. 그러나 힘이 약하다고 인간이 곰이나 코끼리의 지배를 받지는 않는다. 인간은 새처럼 하늘을 날지 못한다. 그럼에도 불구하고 지금 인류는 하늘을 넘어 우주를 향해 나아가고 있다.

이 모든 것들이 가능한 이유는 인간이 나약하고 부족한 존재였기 때문이다. 만약 인간이 그 어떤 쪽으로든 탁월한 존재였다면, 그저 매일매일 먹이를 찾아 떠도는 지구 생물체 중 하나에 머물렀을 것이다. 인간은 탁월한 적응 능력을 발휘해 언제나 자신에게 주어진 결핍을 극복해 왔다.

그렇다면, 인류에게 내린 가장 큰 저주는?
적응 능력!

동시에 인간은 적응 능력으로 인해 가장 큰 고통을 받는다. 인간의 적응 능력은 탁월하지만 그 능력이 발휘되기까지는 꽤 오랜 시간이 요구된다. 오랜 시간 동안 환경에 적응하고 나면 이제 적응 능력은 변화에 저항하기 위해 작동한다. 인류가 성취해 온 문명으로 인해 물리적 변화에 저항할 수 있는 능력은 최고치를 경신하고 있지만, 심리적 변화에 저항할 수 있는 능력은 갈수록 퇴하되어 끝도 알 수 없는 바닥을 향해 돌진 중이다. 보통 물리적 변화에 적응하지 못하는 인간은 죽임을 당하지만, 심리적 변화를 이기지 못한 인간은 스스로 목숨을 포기한다. 적당한 표현은 아니지만, 그렇기 때문에 인간이 스스로 목숨을 포기하는 이유는 갈수록 사소해지고 있다. 자존감이 낮아, 성적이 떨어져, 남들의 비난이 무섭다고 스스로 목숨을 포기하는 경우는 과거에는 흔치 않았다.

적어도 산업 혁명이 일어나기 전까지는 인간이 적응할 수 있는 충분한 변화의 시간이 있었다. 자본주의가 이룩한 문명의 발전과 경제의 성장이 인류에게 어마어마한 행복의 기회를 가져다 주었지만, 길어야 100년을 살아야 하는 한 개인에게도 그것이 행복의 기회라고 말할 수 있는지는 잘 모르겠다. 인류는 현재 맹목적인 적응에 내몰리고 있는 것은 아닌지…….

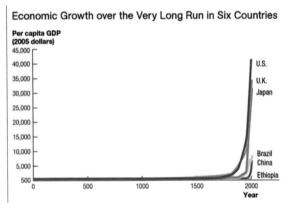

인류의 경제 성장 곡선
(출처 : Charles I. Jones, Macroeconomics, Third Edition. Norton, 2014)

얼마 전 중학교 2학년이 되어 본격적인 선발 경쟁에 돌입한 둘째 딸이 시험을 봤는데, 학생들의 점수 분포가 "도 아니면 모"인 모래시계 모양이라고 했다. 성적 상위권과 하위권은 있지만, 중위권이 거의 없다는 것이다. 상위권은 아마도 기를 쓰고 시대 변화에 적응하려는 부류일 것이다. 그리고 하위권은 그 감당할 수 없는 변화에 적응을 포기한 부류가 아닐까? 윷놀이를 하다 보면 알겠지만 윷이나 모가 좋은 것은 다시 윷을 던질 수 있는 기회가 주어지기 때문이다. 하지만 때에 따라서는 모보다 도가 더 절실한 상황도 있다.

예전에 서울시 교육청에 있을 때 교육 전문가들과 이야기를 하다 보면 마치 태초에 학교가 있었고, 그 학교를 위해 마을이 생겨났다는 느낌을 받곤 했다. 마치 마을과 학교처럼 행복한 삶을 추구해 온 인간과 그 행복을 위해 성장해 온 문명이 서로 목적을 잃고 충돌하고 있는 것은 아닌지……. 부족한 개인인 한 인간이 누가 누릴지 모르는 문명의 이기와 경제 성장을 위해 희생해야 한다고 주장할 것이 아니라면, 자신의 행복을 위해 시대 변화에 적응하기를 포기한 백수들의 마음을 이해해 보면 어떨까? 때로는 무엇을 하는 용기보다, 무엇을 하지 않을 용기가 더 필요할 때가 있다. 모두가 사공이 되기 위해 경쟁하는 시대,

인류가 타고 있는 배가 강이나 바다가 아닌 산을 향하고 있다면 그 속도를 늦추기 위해서라도 잠시 쉬어 갈 필요가 있다. 당신이 무엇을 하지 않을 용기가 없다면, 그 용기를 발휘하고 있는 백수들에게 고운 시선이라도 보내 주기 바란다.

소득 주도 성장?
백수 주도 성장!

소득 주도 성장?
백수 주도 성장!

촛불 시민이 박근혜를 탄핵시키고, 문재인이 대통령에 당선되었을 때, 경제 공약^{公約}으로 "소득 주도 성장"을 들고 나왔다. 난 그 말을 듣자마자 삘이 딱 왔는데, 말이 함축적이고 어려워서인지 별로 시민들의 지지를 받지는 못하고 있는 것 같다. 다행 중 불행인지, 불행 중 다행인지, 코로나19로 인해 전 세계가 록다운에 걸리자 그동안 눈치를 보고 있던 기본 소득 논의가 급물살을 탔다. 기본 소득은 사회주의 정책이라며 입에 거품을 물며 반대하던 보수당도 총선을 앞두고 재난지원금 100% 지급을 공약^{空約}으로 내걸었다.

그동안 소득 주도 성장에 대한 논리가 부족하거나 어려웠던 것인지, 아니면 언론을 통해 시민들에게 제대로 그 의미가 전달되지 않은 탓인지는 잘 모르겠다. 필자는 문재인 대통령의 경제 공약인 소득 주도 성장을 백수와 연결시켜 한번 설명해 보겠다. 경제 이론이라는 게 아무리 쉽게 설명을 해도 머리에 쥐가 나는 분야라 솔직히 자신은 없지만, 얼마 전 〈슬기로운 의사 생활〉에 의사로 나왔던 김사부의 제자 유연석의 가르침대로 한번 최선을 다해 보겠다.

소득 주도 성장의 반대말은
소비 주도 성장

일찍이 소크라테스는 악이라는 개념이 없다면 상대적으로 선도 존재할 수 없다고 말했다. 소득 주도 성장도 마찬가지다. 우리가 한 번도 경험해 보지 못했던 "소득 주도 성장"을 이해하려면 이미 우리에게 익숙한 "소비 주도 성장"을 이해하면 된다. 소비 주도 성장? 사실 설명할 것도 없다. 우리에게 익숙한 모든 것이라고 보면 된다.

소비 주도 성장은 말 그대로 소비가 주도하는 성장이다. 여기서 우리가 착각하면 안 되는 것이 소비 주도 성장이 절대 소비자가 주도하는 성장이 아니라는 것이다, 오히려 소비 주도 성장은 과잉 생산을 해야 더 많은 이윤을 챙기며 생존할 수 있는 생산자^{자본}가 주도하는 성장이다. 과잉 생산한 제품을 소비자가 필요가 있든 없든 소비를 해 주지 않으면 자본주의는 곤란에 빠진다. 즉, 과잉 생산한 제품을 소비자가 과잉 소비해 줘야 경제가 유지된다. 그래서 학창 시절과 고성장 시기가 겹쳤던 필자는 절약이 아니라 소비가 미덕이라는 말을 들으며 자랐다. 소비 주도 성장에 동참할 정도로 집안 형편이 넉넉하지 않았던 필자는 그냥 그런 말을 듣고만 자랐다.

과잉 소비를 하려면 빌려서 쓸 수 있는 물건도 반드시 사야 하고, 이미 있는 물건도 유행이 지나면 버리고 사야 한다. 중복 소비를 부추기는 대표적인 소비 문화가 바로 유행이다. 유행에 따라 우리는 멀쩡한 옷과 신발을 두고 새로운 옷과 신발을 소비한다. 자본이 의도한 바인지 알 수는 없으나 과잉 소비의 최대 적은 바로 공동체다. 과잉 소비를 하기 위해서는 공동체가 유지되면 곤란하다. 한 번을 쓰고 버리더라도 이웃에게 빌리지 않고 내가 사서, 내가 쓰고 버려야 한다. 이러한 것이 지금까지 경제 성장을 이끈 소위 소비 주도 성장이다.

소비 주도 성장이 만들어 낸 가장 심각한 사회 문제는 일자리 경쟁과 부의 양극화다. 사회가 요구하는 소비의 기준에 맞추기 위해서는 많은 소득이 필요하다. 보다 많은 소득을 올리기 위해선 지속 가능하면서도 많은 임금을 주는 일자리를 차지해야 한다. 하지만 일자리의 파이는 이미 정해져 있을 뿐만 아니라 4차 산업 혁명을 타고 갈수록 "유연하게" 줄어들고 있다. 이쯤 되면 경제 성장이 내 행복과 과연 무슨 연관이 있는지 의심해 볼만도 하다. 하정우가 주연한 영화 〈더 테러 라이브〉에서 마포대교를 폭파한 테러범은 경제 성장이 공정한 분배로 이어지지 않고 양극화를 심화시킨 결과를 테러의 명분으로 이야기한다. 20년 전에 마포대교 건설 노동자였다고 밝힌 테러범은 G20 정상 회의를 준비하기 위해 여전히 마포대교 보수 공사에 투입되었다며 누구를 위한 경제 성장인지 묻는다.

우리나라 사람들과 이른바 선진국 사람들이 생각하는 중산층의 개념이 다르다는 것은 이미 잘 알려져 있는 사실이다. 우리나라 사람들이 생각하는 중산층은 부채 없이 30평대 아파트 이상을 소유하고, 월급 500만 원 이상을 받으며, 2,000cc급 중형 자동차와 1억 원 이상의 예금을 보유하고 있으며 해외여행을 연 1회 이상 나갈 수 있는 계층을 말한다. 필자는……. 그동안 필자는 중산층 백수라고 생각을 해 왔는데, 단단히 착각을 하고 살았던 것이 분명하다.

반면 프랑스의 조르주 퐁피두 전 대통령은 1969년 공

약집에 담았던 "삶의 질"에서 외국어 하나 이상 가능하고, 스포츠를 하나 이상 즐기며 악기를 다룰 줄 알고 남들과 다른 맛의 요리를 만들 줄 알고 '공분'에 의연히 동참할 줄 알고 약자를 도우며 봉사 활동을 꾸준히 하는 것을 중산층의 기준으로 제시했다. 미국의 공립 학교에서도 중산층은 자신의 주장에 떳떳하고 사회적 약자를 도우며 부정과 불법에 저항하고 정기적으로 받아 보는 비평지가 있어야 한다고 가르치고 있다. 한국의 중산층 개념이 주로 물질적인 하부 구조로 이루어져 있다면, 선진국의 중산층 개념은 비물질적인 상부 구조를 지향한다.

좋은 일자리에 대한 개념도 중산층의 개념과 크게 다르지는 않다. 소비가 주도하는 경제 성장을 추진하는 과정에서 문화적으로 고착된 좋은 일자리는 지속 가능하면서도 남들보다 많은 임금을 받을 수 있는 일자리이다. 이러한 일자리는 사실 좋은 일자리가 아니다. 오히려 내 일자리가 다른 사람을 불행하게 만드는 나쁜 일자리이다. 우리는 길이 잘 들어 익숙하다는 이유로 어디로 향하는지도 모른 채 소비 주도 성장이라는 신발을 신고 달리고 있는 것은 아닐까? 소득 주도 성장이라는 신발이 익숙하지 않다고, 잠시 발이 아플지도 모른다고 계속 우리를 벼랑으로 이끌고 있는 소비 주도 성장을 신고 달려야 할까? 이제 소비 주도 성장의 사회가 왜 죄 없는 백수를 그렇게 비릿한 눈으로 응시했는지 어렴풋이 이해가 간다. 많은 사람들이 몰려들어 미친 듯이 달려야 어디로 가는지 생각을 안 할 텐데, 자의에 의해서든, 아니면 타의에 의해서든 백수는 그 죽음의 레이스에서 벗어나 있기 때문이다. 죽음의 레이스를 계속하기 위해선 주자가 필요하다. 그것도 아주 많이 필요하다.

"어이, 백수들! 언제까지 쉬고 있을 생각이지? 빨리 경주를 시작해야지~"

필자는 개인적으로 좋은 일자리는 개인뿐만 아니라 사회를 더욱 행복하게 만드는 일자리여야 한다고 생각한다. 중산층의 개념과 더불어 소득이 주도하는 경제 성장으로 나아가려면 좋은 일자리에 대한 인식도 변화가 필요하다. 사실 지속 가능한 일자리는 우리에게 지속적으로 불행을 강요하는 일자리이다. 소비 주도 성장이 필요한 자본은 미래의 불확실한 행복을 위해 현재의 불행은 어쩔 수 없이 감내해야 한다고 지금도 우리 귀에 속삭이고 있다.

아파트 문화가 이끈
소비 주도 성장

　불편하지만 소비 주도 성장에 대해 조금만 더 이어가 보도록 하겠다. 소비 주도 성장이 우리의 일상 속으로 침투한 대표적인 사례가 바로 아파트 중심의 주거 문화라고 할 수 있다. 대한민국의 대표적인 주거 정책인 재개발과 재건축은 소비자들의 요구에서 비롯된 것이 아니라 개발 독재 과정에서 공룡처럼 비대해진 토건 세력에게 줄 먹잇감이 필요했기 때문에 시작되었을 가능성이 매우 높다. 지금 이 순간에도 필자가 글을 쓰고 있는 카페의 창문 너머에는 아파트 공사가 한창이다. 여기저기가 온통 아파트 공사판이다. 원래 아파트가 지어질 저 마을에는 작은 주택들이 옹기종기 모여 있었을 것이다. 그리고 그 안에는 소소한 생산과 소비의 생태계가 있었을지 모른다. 전통

시장이 있었을 것이고, 아이들의 코 묻을 돈으로 생계를 꾸려 가는 구멍가게도 있었을 것이고, 마을 사람들의 대소사에 올려질 떡을 공급하는 허름한 방앗간도 있었을 것이고, 어두침침한 전파사에는 납과 인두기만 있으면 무엇이든 고치는 순돌이 아빠가 누군가의 소중한 물건을 '재생'하고 있었을지도 모른다. 소비자들의 필요가 곧 생산이 되고, 그렇게 생산된 필요는 정이라는 덤이 얹어져 거래되는……. 우리가 〈응답하라, 1988〉에서 느꼈음직한 불편하지만 그래도 뭔가 따뜻함이 느껴지는 그러한 마을이 만들어 낸 자연스러운 생태계 말이다.

하지만 아파트라는 괴물은 오랜 시간 필요와 생산이 소소한 성공과 실패의 경험으로 축적된 이러한 마을의 생태계를 한 방에 쓸어버린다. 그리고 그 자리에는 탐욕스럽고 거대한 소비 집단이 들어선다. 거대하고 탐욕스런 소비 집단인 아파트의 거래 상대는 그만큼 탐욕스럽고 거대해야만 한다. 그런 면에서 거대 자본이 운영하는 대형 마트는 아파트와 깔맞춤이다. 대형 마트에는 없는 것이 없다. 자본이 만들어 낸 온갖 상품들이 조명을 받으며 소비자들의 눈높이에 맞게 진열되어 있다. 하지만 소비자들이 필요한 것만 소비해서는 곤란하다. 소비 주도 성장은 소비자가 필요한 것을 생산하는 것이 아니라, 자본이 이윤을 위해 과잉 생산한 것을 소비자가 과잉 소비하지 않으면 안 되기 때문이다. 깔끔하고 다양한 식당들이 모여 있는 푸드 코트는 소비를 위한 재충전의 공간이다. 밥을 먹으러 와서 소비하고, 소비를 하기 위해 배를 채운다. 이른바 소비가 주도하는 성장의 수레바퀴 위에 올라탄 우리는 경쟁적으로 중복과 과잉 소비를 탐하는 과정에서 소득 경쟁으로 내몰렸고, 더 많은 소득을 올리기 위해 일자리를 놓고 경쟁하는 악순환에 빠져 버렸다.

공동체로 엮여 있는 마을은 구질구질하고 불편하지만, 아파트와 대형 마트는 세련될 뿐만 아니라 분리의 안락함을 선사한다. 한마디로 "쿠울~"하다. 우리는 쿠울하게 지금 이 순간에도 모든 구질구질한 관계를 편리한 소비로 대체하고 있고, 공동체가 지향했던 공공의 가치를 부수고 잘게 쪼갠 후, 각자가 감당할 수 있는 크기의 파편을 골라 나눠 가졌다. 그렇게 공동체에서 분리된 개인이라는 각자는 자기가 소유한 가치에만 경쟁적으로 몰입한다. 이미 공공의 가치는 소멸되었고, 각자가 소유한 가치의 파편은 점점 공공의 가치에 준하는 지위를 점하기 위해 진격 중이다.

공공의 이익이 파편으로 갈라진 사회에서 나의 손해는 공공의 이익으로 가지 않는다. 또 다른 누군가의 사익이 될 뿐이다. 이제 우리는 더 이상 우리가 아닐 뿐만 아니라 관계로부터 진화한 인류가 아닐지도 모른다. 거대한 소비 집단인 아파트의 안락함에 익숙해진 우리는 대자본과의 불평등한 거래 관계 속에서 마치 솥에서 천천히 삶아지고 있는 개구리 신세가 되어 버렸는지도 모른다. 인도의 과학자이자 에코 페미니스트인 '반다나 시바^{Vandana Shiva}'는 인류는 소비에 의존하게 되면서 이전보다 작아지고 있다고 지적한다. 우리는 우리가 스스로 해결할 수 있는 사소한 문제도 자본에게 요구해 소비로 해결하고 있다. 그리고 그 과정에서 인류가 서식하고 있는 지구는 개구리를 삶는 솥처럼 서서히 달궈지고 있다.

403

경제 성장률의
함정과 신자유주의

우리가 살고 있는 현재를 가장 포괄적으로 규정하는 단어는 아마도 '신자유주의'가 아닐까? 새롭다는 것도 좋고, 자유주의라고 하니 더욱 좋아 보인다. 거기다 신자유주의는 세계를 하나로 연결하는 소위 세계화^{globalization}를 지향한다고 하니 세상에 이보다 좋은 게 또 있을까 싶다. 세상에 있는 좋은 말이라는 좋은 말은 다 가지고 와 신자유주의의 포장지로 사용했다. 그래서 그런지 우리는 신자유주의에 대한 거부감이 크지 않다. 하지만 세계화라는 단어 앞에 생략된 것이 있는데, 신자유주의가 지향하는 세계화는 바로 자본의 세계화$^{globalization\ of\ capital}$다. 신자유주의를 통해 우리는 세계를 동경하며 고향을 등졌고, 추억이 묻어 있는 골목까지 지워 버렸다.

최근 들어 여러 차례의 금융 위기와 팬데믹을 거치며 세계화에 대한 회의가 서서히 일기 시작했다. 영국이 유럽연합에서 탈퇴하는 '브렉시트'를 투표를 통해 결정한 것이 그 첫 번째고, '미국 우선주의'를 내세운 트럼프가 미국의 대통령으로 당선된 것이 그 두 번째 조짐이다. 그리고 우리는 〈응답하라 1988〉이라는 드라마를 통해 아무런 의심 없이 부르짖었던 세계화가 지워 버린 것이 무엇인지를 비로소 깨닫게 되었다.

신자유주의는 자본주의의 모순을 해결하기 위해 경제의 파이를 계속 확대해 왔다. 소위 경제 성장률^{GDP}이라는 수치를 통해 늘어난 파이를 비교하며 끊임없이 국가를, 기업을, 개인을 경쟁으로 몰아간다. 자본주의는 생산을 통해 부가가치를 창출한다. 빵을 100개 생산하는 기업은 빵의 생산량을 200개, 300개로 늘려야 성장을 할 수 있다. 인구가 늘지 않는다면 한 사람이 더 많은 빵을 먹어야 하는데, 인간의 위가 아무리 커져도 먹을 수 있는 빵의 양은 한계가 있다. 심지어 성장할 만큼 성장한 대부분의 선진국들은 오히려 인구가 줄고 있을 뿐만 아니라 고령화사회로 빠르게 진입하고 있다. 이렇게 생산을 통한 부가가치 창출에 한계치에 다다르면 가치를 상승시키는 가장 효과적인 방법은 이 경제 성장률을 높이는 것이다. 평당 100만 원 하던 땅이 1,000만 원이 되면 늘어난 땅의 가치가 경제 성장률에 그대로 반영된다. 이러한 가치의 변화는 곧바로 양극화로 이어진다. 경제 성장률이 높으면 높을수록 아이러니하게도 부의 양극화가 심화되는 악순환에 빠지는 것이다. 이것이 우리가 살고 있는 소위 신자유주의 사회의 경제 질서이다.

신자유주의의 첨병이라는 IMF에서도 이러한 문제로 인해 소위 낙수 효과를 부정하고 나섰다. 2015년 IMF는 150여 개국의 경제 지표를 분석한 결과, 상위 20% 계층의 소득이 1% 포인트 증가하면 이후 5년의 성장이 연평균 0.08% 포인트 감소하며, 하위 20%의 소득이 1% 포인트 늘어나면 같은 기간의 성장이 연평균 0.38% 포인트 확대된다고 밝혔다. 또한 IMF는 "우리의 결론은 하위 계층의 소득을 늘리고, 중산층을 유지하는 것이 성장에 도움이 된다는 것"이라고 강조했다.[25]

신자유주의라는 솥에서 느긋하게 사우나를 즐기던 개구리가 코로나19로 인해 갑자기 솥이 뜨거워지자 화들짝 놀라 솥에서 빠져나왔다. 솥에서 나온 개구리는 이제 신자유주의를 제대로 볼 수 있게 되었다. 코로나19가 촉매가 되었을 뿐, 4차 산업 혁명 등으로 인해 새로운 질서가 필요하다는 인식은 이미 '뉴 노멀New Normal : 새로운 생활 표준'이라는 이름으로 경제 분야를 중심으로 빠르게 확산되고 있었다. 그렇다면 앞으로 닥쳐올 미래는 과거와 어떻게 다를까? 불확실한 미래를 누가 감히 예측할 수 있겠는가? 뉴노멀 시대를 예측할 수 있는 방법 중 하나는 우리가 당연하게 받아들여 온 모든 것을 의심하는 것이다. 니체가 중세의 질서에서 벗어나기 위해 『자라투스트라는 이렇게 말했다』에서 신의 존재를 의심한 것처럼……

코로나19가 지나가면 세계는 어디로 향할까? 많은 사람들이 코로나19 이전으로는 다시 돌아갈 수 없을 거라고 이야기한다. 다시 코로나19 이전으로 돌아간다고? 인간은 가끔 현실이 고통스러우면 과거가 행복했다고 착각을 하기도 한다. 신나서 군대 이야기를 떠든다고 다시 군대에 가고 싶은 남자가 있을까? 태극기를 들고 광화문으로 나온다고 어르신들이 유신 독재의 그 암울한 시절을 그리워하는 것은 아니다. 어르신들은 단지 현실의 물리적 빈곤과 심리적 배제가 고통스럽기 때문이다. 이제는 향수가 되어 버린 코로나19 이전의 삶이 과연 행복하기만 했을까? 코로나19가 고통스럽다고 그 이전으로 반드시 되돌아갈 필요는 없다. 아니 오히려 코로나19로 인해 우리는 그동안 보지 못했던 많은 것을 볼 수 있게 되었다. 그동안 신자유주의를 비판해 온 영국 케임브리지 대학의 장하준 교수는 코로나19로 인해 미국에서는 '에센셜 임플로이essential-employees', 영국에서는 '키 워커key-worker'라고 부르는

사람들이야말로 모두가 생존하는 데 기본이 되는 필수 노동을 해 왔다는 점을 알게 되었다고 말한다.

록다운 속에서 이런 말들이 나와요. "이제 보니 은행 투자자는 없어도 살 수 있지만 의료진, 음식 파는 가게 직원, 배달 노동자, 양로원에서 일하는 사람들이 없으면 못 살겠구나!"[26]

이제 우리는 소비 주도 성장에서 소득이 주도하는 성장으로, 자본의 이윤이 지배했던 사회에서 시민이 연대하며 협력하는 사회로 나아가면 된다. 물리적 거리는 유지하되, 심리적 거리를 줄여 가며……. 바로 지구가 코로나19라는 백신을 통해 우리에게 일러 준 교훈이다.

404

불확실성의 공포?
피할 수 없다면 즐기자!

많은 사람들이 코로나19와 함께 불확실성에 대한 공포를 이야기한다. 아니 너도나도 불확실성을 앞세워 공포 마케팅에 나서고 있다. 일찍이 미국의 호러 소설가로 유명한 하워드 필립스 러브크래프트^{Howard Phillips Lovecraft}는 "인류의 가장 오래된 감정은 공포이며, 가장 강력한 공포는 미지^{불확실}의 것에 대한 공포"라고 이야기했다. 그 유명한 『사피엔스』를 통해 이 시대 가장 위대한 통찰자로 떠오른 유발 하라리도 「경향신문」에서 기획한 "7인의 석학에게 미래를 묻다"에 여덟 번째 주자로 나와 "확실성은 바닥을 쳤다"며 불확실한 미래에 대한 우려를 드러냈다.

나 또한 지금까지 불확실성을 들먹이며 기회가 있을 때마다 공포를 팔아 나의 존재감을 부각해 왔던 것 같다. 물론 영향력은 미미했겠지만……. 모든 것을 의심해야 한다고 주장하면서 불확실성이 진짜 공포스러운지에 대해서는 단 한 번도 의심하지 않았다. 그러다가 우연히 브런치에서 "결말을 몰라야만 재미있을 거라는 확신 : 우리 인생은"이라는 글을 만났다. 얼마 전 『가장 빛나는 순간은 아직 오지 않았다』라는 책을 출간한 이청안 작가의 글이었다.

"사람들은 종종 말한다. 불투명한 미래 때문에 힘들다고. 뭘 해야 될지도 모르겠고, 뭘 잘하는지도 모르겠고, 나도 그랬고, 지금도 그러하고 앞으로도 간혹 곤란하거나 힘들 것이다. 하지만 사람들을 가장 힘들게 하는 것은 미래가 어떻게 될지 모른다는 불확실함 때문이 아니라 '꿈이 없다'는 '자기 결핍감(지극히 저의 생각)'이나 자신이 가진 잠재력을 가늠하기 어렵다는 그런 느낌 때문이 아닐는지."[27]

뒤통수를 크게 얻어맞았다. 인간이 미래를 알지 못하기는 과거나 지금이나 마찬가지다. 그런데 나는, 우리는, 세계는 왜 그 당연한 불확실성을 무서워할까? 만약 우리가 미래를 뻔히 알고 있다면 삶이 주는 그 쫄깃한 재미를 느낄 수 있을까? 알버트 씨가 윌리엄 아드레이이자 동산 위의 왕자님이라는 사실을 알고 〈들장미 소녀, 캔디〉를 봤다면 반전이 가지고 있는 재미를 느낄 수 있었을까? 브루스 윌리스가 귀신이라는 걸 알고 있었다면 〈식스 센스〉의 스릴을 제대로 맛볼 수 있었을까? 사실 미래의 진정한 가치는 그 불확실성에 있다. 그래서 '신일숙'의 『아르미안에 네 딸들』에 등장하는 유명한 대사가 있다.

"미래는 언제나 예측 불허, 그리하여 생은 그 의미를 갖는 다."[28]

그런데 왜 사람들은 너도나도 불확실성을 이용해 공포 마케팅에 나서는 것일까? 이유를 알 것도 같다. 우리가 살고 있는 이 시대가 확실성을 요구하고 있기 때문이다. 한 번은 잠실에 우뚝 서 있는 롯데월드 타워를 보며 '롯데는 무슨 돈으로 저렇게 높을 빌딩을 지었을까?' 하는 걱정 섞인 상상을 했던 적이 있다. 생각해 보니 롯데는 가지고 있는 돈을 탈탈 털어서 롯데월드 타워를 지은 것이 아니었다. 롯데월드 타워는 미래 가치에 대한 금융 자본의 투자로 만들어진 건물이었다. 어찌 보면 내 주머니에서 나온 돈이 롯데월드 타워를 짓는 데 투자되었을 수도 있다. 롯데월드 타워를 짓는 데 금융 자본이 투자를 하려면 미래가 불확실하면 안 된다. 내일 지구가 멸망하지 않는다는, 전쟁이 일어나지 않는다는, 금융 자본이 투자한 돈보다 더 많은 수익을 회수할 수 있다는 확신이 있어야 한다.

자본주의는 지구가 멸망한다는 확신만 있으면 그 가능성에 배팅해 돈을 벌 수 있는 경제 체제다. 2008년 미국의 서브 프라임 모기지 사태를 다룬 영화, 〈빅 쇼트〉나 한국의 IMF 외환 위기를 다룬 영화, 〈국가 부도의 날〉은 모두 미래에 발생할 위기에 투자해 돈을 버는 투자가들의 이야기다. 〈국가 부도의 날〉에서 유아인은 대한민국이 망한다는 가능성에 투자해 떼돈을 번다. '유발 하라리'는 『사피엔스』에서 지금 인류는 지금까지 한 번도 경험하지 못한 평화의 시대에 살고 있으며, 그 이유가 전쟁이 경제의 불확실성을 증폭시키기 때문이라고 지적했다. 이것이 바로 예측 가능성이 가지고 있는 자본주의의 경제적 가치이다.

과거 박근혜 대통령은, 아니 역대 보수 정권은 늘 북한의 도발을 무기 삼아 국민에게 지지를 호소했다. 이른바 '북풍'이라고 하는 공포 마케팅이다. 박근혜 대통령은 언론을 통해 북한의 김정은 위원장을 예측할 수 없다고 자주 언급했다.

그 이유는 여러 가지가 있을 수 있다. 하나는 진짜 예측을 못 하기 때문일 수 있다. 적대적 관계, 아니 우호적 관계에 있다고 하더라도 주변 국가가 어떻게 움직일지 예측할 수 없다면 외교가 어려워진다. 그런데 북한이 진짜 예측 불가능할까? 많은 북한 전문가, 그중에서도 한반도의 현인이라고 불리는 정세현 전 통일부 장관은 오히려 북한은 예측이 쉬운 국가라고 말한다. 정부가 북한의 행동에 대해 예측할 수 없다고 말하는 것은 사실 정권의 무지와 무능력을 드러내는 것이다. 정권이 북한의 불확실성을 내세우는 또 다른 이유는 국민의 눈과 귀를 외부로 돌려야 하는 특별한 정치적 의도가 있기 때문이다. 도요토미 히데요시가 조선을 침략한 이유도, 소련의 몰락으로 동서 냉전이 붕괴된 이후 미국이 이슬람과 북한을 악의 축으로 몰아붙인 이유도, 어쩌면 내부의 단결이 필요하거나 문제를 숨기기 위해서였는지 모른다. 그래서 18세기 영국의 시인, 새뮤얼 존슨은 "애국은 불한당의 마지막 피난처"라고 비꼬기도 했다.

정리해 보자. 불확실성은 다양한 쓸모를 가지고 있다. 대표적인 것이 바로 경제적 쓸모와 정치적 쓸모다. 정치와 경제는 동전의 양면처럼 서로 긴밀하게 연결되어 있다. 경제가 파이의 크기와 관계가 있다면 정치는 파이의 분배를 결정한다. 우리는 국가의 GDP^{국내 총생산} 증가가 나에게 분배되지 않았어도, GDP를 위해 기꺼이 개인의 희생을 감수한다. 2019년 대한민국의 GDP는 1조 6천295억 달러로 세계 12위지만, 1인당 GDP는 31,430달러로 세계 27위이다. 즉, GDP가 아무리 늘어도 1인당 GDP가 그대로면 국민들의 삶의 질은 변하지 않는다. 그럼에도 불구하고 우리는 1인당 GDP 27위보다 세계 10위권에 근접한 GDP를 더 자랑스러워 한다. 31,430달러는 2020년 7월 31일 환율을 기준으로 한화 3천7백만 원 정도이다. 4인 가족의 가장인 필자가 1인당 GDP의 혜택을 누리려면 1년에 1억 5천만 원 정도를 벌어야 한다. 통계청에서 발간한 '가계 금융 복지 조사' 결과를 보면 2018년 기준 대한민국에서 가구 소득이 1억을 넘는 비율은 14.8%였다. 필자를 포함하여 85%가 넘는 가구는 GDP나 1인당 GDP와 무관한 삶을 살고 있다.

최근 아파트 값을 잡지 못하는 문재인 정부의 부동산 정책에 대한 불만이 고조되고 있다. 아니러니하게도 보수 정권은 부동산 경기를 부양하기 위해 각종 규제 완화에 힘쓰지만, 부동산은 침체에서 벗어나지 않는다. 반대로 진보 정권은 부동산 가격을 잡기 위해 규제를 강화하지만 부동산 가격이 천정부지로 치솟는다.[29]

위에 언급한 불확실성과 예측 가능성을 부동산 시장에 대입해 보자. 보수 정권의 경제 정책은 예측이 불가능해 투자가 위축된다. 정권 유지를 위해 북한과 대립각을 세우니 외국인들도 투자를 꺼린다. 이명박 대통령은 자신의 사익을 위한 경제 정책을 폈고, 박근혜 대통령은 김정은을 예측 불가능하다고 비난했지만, 정작 예측 불가능한 경제 정책으로 투자를 위축시킨 것은 박근혜 본인이다. 중국의 농업 경제학자인 원톄쥔이 인류가 겪고 있는 식량 위기는 생산 부족의 문제가 아니라 금융 자본에 의해 생성된다고 지적[30]했던 것처럼 부동산 가격은 부동산 정책이 아니라 정책의 통제가 불가능할 정도로 성장한 시장의 문제이다. 부동산 가격이라는 빈대를 잡는 방법은 의외로 간단하다. 예측 불가능한 경제 정책을 통해 투자를 위축시켜 대한민국 경제라는 초가삼간을 태우면 된다.

불확실성은 모두에게 공포스러울까? 한 개인이나 작은 마을 공동체가 당면한 불확실성은 오히려 문제 해결의 가능성으로 작동할 수 있다. 그러니 자본이나 국가가 만든 기준에 부화뇌동해 그 공포에 가담하는 것은 개인의, 마을의 그리고 그 마을을 지키고 있는 백수의 미래에 도움이 되지 않는다. 백수가 가지고 있는 불확실성은 세계의 기준으로 작동해 온 마을에 오히려 복이 된다. 그 불확실성이 마을의 가능성으로 작동할 수 있기 때문이다.

405

뉴딜은 일자리 정책이 아니라 분배 정책이다

경기가 어려울 때마다 정부가 해결책으로 들고 나오는 정책이 바로 뉴딜이다. MB도 뉴딜을 이야기했고, 문재인 정부도 얼마 전 "한국형 그린 뉴딜"을 발표했다. MB는 누가 봐도 4대강 혜집기라는 대규모 토목 공사를 일으키기 위해 뉴딜을 이용했고, 문재인 대통령은 코로나19로 인한 경기 침체를 극복하기 위해 환경 문제와 뉴딜을 접목시킨 것으로 보인다. 늦은 감은 있으나 환경 문제를 경제 성장의 동력으로 삼아야 한다는 방향성은 바람직해 보인다. 하지만 MB의 뉴딜이나 문재인 대통령의 뉴딜이나 알맹이가 없기는 마찬가지다. 루즈벨트 대통령이 첫 번째 세계 대공황을 극복하기 위해 추진했던 뉴딜을 교조적으로 따라야 한다는 것은 아니다. 그렇지만 적어도 뉴딜이 무엇인지 그 본질 정도는 파악할 필요가 있다. 본질을 알아야 변형도 가능한데, 본질과 무관하게 자신에게 필요한 포장지만 입혀서 뉴딜이라고 내놓으니 그 정책적 효과를 거두지 못하는 것이다.

먼저 미국의 루즈벨트 대통령이 추진한 원조 뉴딜의 배경부터 살펴보자. 1929년 10월 29일, 이른바 "검은 목요일"로 불리는 미국의 월스트리트 주가 폭락 사태는 급기야 세계를 경제 대공황에 빠뜨렸다. 1929년~1933년 동안 미국 실업률은 4%에서 25%로 증가했고, 공업 생산량은 약 3분의 1이 줄었다.[31]

"정부의 정치 철학에서 소외된 전국의 국민들은 우리에게 국부 분배에 있어 더욱 공정한 기회와 질서를 원하고 있습니다. (중략) 저는 아메리칸 사람을 위한 뉴딜을 맹세합니다. 이것은 정치적 캠페인보다 전투에 가까운 것입니다."[32]

루즈벨트 대통령이 추진한 뉴딜New Deal 정책은 시어도어 루스벨트 대통령의 스퀘어 딜Square deal : 공평한 분배 정책과 우드로 윌슨 대통령의 뉴 프리덤New Freedom : 새로운 자유 정책의 합성어[33]로 사실상 분배 정책에 더 가깝다. 2009년 한국조세연구원에서 발표한 "주요국 조세 제도"의 미국 편에 따르면 미국에서 현대적 의미의 연방 개인소득세가 처음 도입된 1913년 당시에는 세율이 1~7%로 낮았고, 과세 대상도 주로 고소득층에 부과되어 일반 국민과는 거리가 있는 세금이었다. 그러나 윌슨 대통령 임기 중 세금 폭탄 수준으로 올라 1913년 7%였던 세율이 임기 말인 2021년 무려 73%를 기록했다. 이후 공화당 대통령인 워런 G. 하딩, 캘빈 쿨리지, 허버트 후버 대통령을 거치며 24%로 떨어진 소득세율은 공정한 분배를 공약으로 들고 나온 루즈벨트 대통령 재임 기간 동안 94%까지 치솟는다. 미국의 소득세율이 50% 밑으로 떨어지기 시작한 건 신자유주의를 표방한 레이건 대통령 때부터이고, 아버지 부시 때는 28%로 최저세율을 기록한다.

아무리 루즈벨트가 새로운 분배 정책으로 뉴딜을 들고 나왔지만 자본주의를 이끌어야 하는 미국 정서상 부자에게 거둬들인 세금을 그냥 저소득층에게 나누어 줄 수는 없었을 것이다. 루즈벨트가 테네시 강 유역에 대규모 공사를 한 것은 저소득층이 많이 살고 있는 남부를 지원하기 위한 여러 정책 중 하나에 불과하다. 그 외에도 학교 급식 지원, 학교 설립, 도로망 확충, 숲 복원 프로그램 등 다양한 복지 정책을 추진했다. 우리가 떠올리는 것처럼 '뉴딜 = 대규모 토목 공사'가 아니라는 의미다. 물론 루즈벨트가 그렇게 강력한 개혁 정책을 펼 수 있었던 배경에는 미국 48개 주 중 무려 42개 주에서 승리하는 압도적 지지로 당선되었고, 의회 또한 확고한 우위를 점했기 때문일 수도 있다. 임기 초반 100일 동안 미국 의회는 루즈벨트가 제안하는 모든 요구를 수용했다고 한다.

단위: 달러, %

과세 연도	인적공제액			한계세율				
				최저구간		최고구간		
	독신	부부	부양가족	세율	~과세소득	세율	과세소득~	
1913	3,000	4,000	n.a.	1.0	20,000	7.0	500,000	
1914	3,000	4,000	n.a.	1.0	20,000	7.0	500,000	
1915	3,000	4,000	n.a.	1.0	20,000	7.0	500,000	
1916	3,000	4,000	n.a.	2.0	20,000	15.0	2,000,000	우드로 윌슨
1917	1,000	2,000	200	2.0	2,000	67.0	2,000,000	
1918	1,000	2,000	200	6.0	4,000	77.0	1,000,000	
1919	1,000	2,000	200	4.0	4,000	73.0	1,000,000	
1920	1,000	2,000	200	4.0	4,000	73.0	1,000,000	
1921	1,000	2,500	400	4.0	4,000	73.0	1,000,000	
1922	1,000	2,500	400	4.0	4,000	58.0	200,000	
1923	1,000	2,500	400	3.0	4,000	43.5	200,000	
1924	1,000	2,500	400	1.5	4,000	46.0	500,000	
1925	1,500	3,500	400	1.125	4,000	25.0	100,000	
1926	1,500	3,500	400	1.125	4,000	25.0	100,000	
1927	1,500	3,500	400	1.125	4,000	25.0	100,000	
1928	1,500	3,500	400	1.125	4,000	25.0	100,000	
1929	1,500	3,500	400	0.375	4,000	24.0	100,000	
1930	1,500	3,500	400	1.125	4,000	25.0	100,000	
1931	1,500	3,500	400	1.125	4,000	25.0	100,000	
1932	1,000	2,500	400	4.0	4,000	63.0	1,000,000	
1933	1,000	2,500	400	4.0	4,000	63.0	1,000,000	
1934	1,000	2,500	400	4.0	4,000	63.0	1,000,000	
1935	1,000	2,500	400	4.0	4,000	63.0	1,000,000	
1936	1,000	2,500	400	4.0	4,000	79.0	5,000,000	프랭클린 루즈벨트
1937	1,000	2,500	400	4.0	4,000	79.0	5,000,000	
1938	1,000	2,500	400	4.0	4,000	79.0	5,000,000	
1939	1,000	2,500	400	4.0	4,000	79.0	5,000,000	
1940	800	2,000	400	4.4	4,000	81.1	5,000,000	
1941	750	1,500	400	10.0	2,000	81.1	5,000,000	
1942	500	1,200	350	19.0	2,000	88.0	200,000	
1943	500	1,200	350	19.0	2,000	88.0	200,000	
1944	500	1,000	500	23.0	2,000	94.0	200,000	
1945	500	1,000	500	23.0	2,000	94.0	200,000	

연방 소득세 인적 공제액과 최고·최저 한계 세율 및 구간(1913~1945년)[34]

대한민국에서 루즈벨트가 아니라 루즈벨트 할아버지가 당선된다고 하더라고 그러한 고강도 개혁 정책을 펴기는 어려울 것이라는 걸 모르지 않는다. 그러나 정책의 방향은 제대로 잡고 나아가야 한다. 뉴딜은 대규모 토목 공사도, 단순한 일자리 정책도 아니다. 뉴딜은 양극화로 인해 무너진 부의 균형을 바로 잡는 정책이다. 한쪽 날개만 커서는 새가 제대로 날 수 없으며, 아무리 훌륭한 상체를 가지고 있더라도 하체가 부실하면 정상적인 활동을 할 수 없다. 대한민국 경제가 균형을 잡기 위해선 비록 자본이 원하는 이윤을 창출하지 못하더라도 사회를 유지하기 위해 필요한 다양한 노동에 대한 인정과 지원이 필요하다. 비록 지금은 하찮아 보이지만 자발적, 비자발적 백수들이 가지고 있는 불확실한 가능성에 대해서도…….

406

백수는
세탁기다

영국 케임브리지 대학에서 경제학을 가르치고 있는 장
하준 교수는 『그들이 말하지 않는 23가지』에서 인터넷보
다 세탁기의 발명이 더 혁신적이라고 주장했다. 처음에
난 장하준의 주장이 괴변이라고 생각했다. 아니 어떻게
우리의 일상 속에 침투해 있는 인터넷보다 세탁기의 발명
이 더 혁신적일 수 있단 말인가! 장하준은 심지어 인터넷
이 만든 변화는 전보가 만들어 낸 혁신에도 미치지 못한
다고 비꼬았다. 1866년 전보가 개통되기 전에는 대서양을
건너 소식을 전하는 데 무려 2주나 걸렸다. 전보는 300단
어짜리 편지를 보내는 시간을 2주에서 7~8분으로 2,500
배 넘게 단축했지만, 인터넷은 전보 다음에 발명된 팩스
보다 고작 100배 정도 빨라졌을 뿐이라는 것이다. [35]

세탁기는 여성을 가사 노동에서 벗어나게 했다. 1890년대 말까지만 해도 35세~44세의 백인 기혼 여성이 집 밖에서 일하는 비율은 불과 몇 %에 지나지 않았다. 하지만 현재는 80% 이상의 여성들이 사회에 진출해 일을 하고 있다. 전보와 마찬가지로 사회에 미친 영향력만 놓고 본다면 확실히 인터넷은 세탁기에 미치지 못한다는 것을 인정하지 않을 수 없다.

〈해리포터〉에서 심쿵한 귀여움을 보여 주었던 헤르미온느, 엠마 왓슨은 훌륭한 페미니스트로 성장해 2015년 UN에서 남성들에게 성평등 참여를 호소하는 'HeForShe' 캠페인을 발표하기도 했다. 그리고 2019년 엠마 왓슨이 영화 〈미녀와 야수〉의 벨 역으로 출연한다고 하자 허리를 잔뜩 졸라맨 중세 여성의 역할을 어떻게 연기해낼지 이목이 집중되었다. 엠마 왓슨은 〈미녀와 야수〉에서 원작 애니메이션에 등장하지 않는 특이한 장면을 연출했다. 벨이 빨래를 하는 장면에서 빨래가 든 통을 말이 굴리는 재래식 세탁기를 등장시킨 것이다. 그 장면을 보며 난 과연 엠마 왓슨다운 타협이라고 생각했다. 어쨌든 엠마 왓슨은 그 유명한 『오만과 편견』의 주인공 엘리자베스처럼 전통적인 중세의 여성상에서 벗어난 벨의 모습을 훌륭하게 연기했다.

1970년대 스페인어 교과서에는 "라틴 아메리카에는 가정부가 없는 사람이 없다"라는 예문이 있었다고 한다. 장하준은 『그들이 말하지 않는 23가지』에서 이 말은 가정부도 가정부를 고용해야 한다는 논리적 오류가 있다고 지적했다. 내가 주목하고 싶은 것은 단지 논리적 오류가 아니라 왜 스페인어 교과서에 그런 예문이 있었을까 하는 것이다. 경제가 성장하면 인건비도 같이 올라간다. 전도연이 주연한 〈하녀〉라는 영화는 개발 도상국이었던 시절의 대한민국이 시대적 배경이다. 스페인어 교과서에 실린 예문은 스페인에 비해 매우 저렴한 라틴 아메리카의 인건비를 표현한 문장일 것이다. 그렇다면 세탁기는 여성들을 위해 만들었을까? 아니면 비싸진 인건비를 대체하기 위해 만들었을까? 중국의 건설 현장에서는 굴삭기 하나를 부르는 비용보다 100명의 노동자에게 땅을 파게 하는 게 비용이 더 적게 든다는 이야기를 들은 적이 있다. 만약 중국의 인건비가 올라가면 건설 자본가는 100명의 노동자 대신 한 대의 굴삭기를 쓸 것이다. 그러면 굴삭기 대신 땅을 팠던 100명은 실업자가 된다. 우리가 알고 있는 대부분의 기술 혁신은 인권 신장이 아닌 이윤을 극대화하기 위한 자본의 욕심이 그 동기였다.

태안 화력 발전소에서 24살의 꽃다운 청년, 김용균 씨가 사고로 목숨을 잃는 끔찍한 소식을 전해 들으며 난 지금의 기술로 인간이 목숨을 걸어야 하는 위험한 노동을 인공 지능이 대체할 순 없을까 하는 의문이 들었다. 그러려면 세탁기가 가정부를 대체한 것처럼, 화력 발전소 노동자의 인건비가 기계를 사용하는 것보다 더 비싸져야 한다. 마치 패스트푸드점 알바를 빠르게 대체해 가고 있는 키오스크^{KIOSK}처럼……

이동건의 네이버 웹툰, 〈유미의 세포들〉에 등장하는 유미의 남친이자 떡볶이집 사장인 바비는 샤워기의 물 온도를 조절하며 알바를 어떻게 대할지 고민한다. 알바에게 따뜻하게 대하자니 일을 제대로 안 할까 봐 걱정이 되고, 너무 차갑게 대하자니 금방 그만둘까 걱정이 되는 것이다. 만약 문재인 대통령이 공약한 대로 최저 임금 1만 원 시대가 열린다면, 그리고 알바를 해도 생활이 가능한 시대가 된다면, 지속 가능한 불행을 감내해야 하는 정규직 일자리 경쟁은 많이 줄어들지 않을까?

2016년 알파고가 인간 바둑 최고수인 이세돌을 이긴 후 인공 지능은 전방위적으로 인간의 일자리를 대체해 나가고 있다. 많은 사람들이 자신의 노동 영역을 인공 지능에 빼앗기지 않을까 노심초사하고 있다. 세계의 유력 인사들이 모여 경제의 고민거리를 나누는 다보스 포럼에서는 인공 지능으로 인해 500만 개의 일자리가 사라질 거라며 매년 공포감을 부풀리고 있다. 고양이가 쥐를 생각을 하는 것도 아니고……. 그래서 어쩌라구? 인간이 기계와 일자리 경쟁이라도 하라는 말인가? 인간이 해야 할 일을 기계가 대신해 준다면 그보다 좋은 일이 어디 있겠는가? 인간이 기계와 일자리를 두고 경쟁할 이유는 없다. 인간은 기계가 하지 못하는 일을 하면 된다. 가장 대표적인 것은 바로 "노는 일"이다. SF 영화에서처럼 인공 지능이 자주성을 갖게 되기 이전까지는……. 더 재미있고, 즐겁고, 행복하게 노는 일은 기계가 대신해 줄 수 없다. 그리고 그러한 놀이의 정보를 공유하고 널리 확산시키는 것은 이 사회를 행복하게 만드는 데 기여할 것이다. 그 일을 누가 가장 잘할 수 있을까? 백수는 마치 여성이 세탁기로 인해 가사 노동에서 해방된 것처럼, 인류를 기계와의 일자리 경쟁에서 해방시키기 위해 여유를 생산하고 소비하는 새로운 노동을 준비하고 있는지도 모른다.

블록체인 시대의
미래 백수

　디지털 강국으로 떠오르고 있는 에스토니아 시민은 출
생과 동시에 전자 신분증을 발급받는다. 시민들은 전자
신분증을 활용해 온라인으로 99%의 행정 서비스를 이용
할 수 있다. 납세와 교육은 물론 투표도 가능하다. 전자 신
분증을 이용하면 까다로운 의료 과정도 간소해진다. 병력
病歷이 전자 신분증에 저장돼 다니던 병원을 옮기면 새로
운 의사에게 치료 과정이 공유된다. 병원을 옮길 때마다
검진을 다시 받을 필요가 없다.[36]

　에스토니아의 전자 신분증은 DID^decentralized identity의 일종
이다. DID는 개인 정보를 공적으로는 국가가, 사적으로는
기업이 관리하던 과거와 달리 개인이 자신의 정보를 관

리하도록 분산시키는 기술이다. 내 정보를 내가 관리하기 시작하면 어떤 변화가 일어날까? 우리는 인터넷에서 정보를 검색하기 위해 구글에 접속할 때마다 늘 이런 걱정을 한다.

"구글은 도대체 어디서 돈을 버는 걸까? 구글이 망하면 안되는데……."

잘나가는 회사는 사장이 아니라 소비자들이 회사 걱정을 대신해 준다. 솔직히 나도 인공위성으로 찍은 사진을 조합해 가상의 지구를 구현해 놓은 '구글어스'를 쓰면서 이 서비스를 만들기 위해 막대한 비용을 투자한 구글이 망하지 않을까 걱정을 했었던 적이 있다. 하지만 걱정할 필요는 없다. 구글은 당분간 절대 망하지 않을 것이다. 결론부터 말하면 구글을 먹여 살리고 있는 것은 바로 구글에 접속하고 있는 우리 자신이다.

구글 검색은 검색의 새로운 패러다임을 개척했다. 검색이 있기 전까지 인터넷은 정보의 바다가 아니라, 검증할 수 없는 정보가 가득한 쓰레기의 바다였다. 그 쓰레기 더미에서 사용 가능한 정보를 찾아 주는 것이 바로 검색 엔진이다. 구글은 가장 신뢰할 만한 검색 엔진을 개발해 세계의 많은 사용자가 구글에 접속하게 만들었다. 구글에 접속되어 있는 사람은 모른다. 자신의 정보가 모여 집단 정보가 되고, 빅 데이터가 된 집단 정보를 팔아 구글이 먹고 살고 있다는 사실을⋯⋯.

구글이 기업에 팔아 수익을 내는 집단 정보의 가치를 그 정보를 제공해 준 개인에게 나누어 준다면 돈의 흐름은 어떻게 바뀔까? 이미 구글은 이러한 실험을 하고 있다. 바로 유튜브다. 유튜브는 보다 많은 사람들이 접속할 수 있는 정보를 생산해 내고 있는 유튜버에게 그 대가를 돌려준다. 자본주의에서 시장을 건강하게 유지하려면 생산과 소비의 균형이 중요하다. 그 건강한 시장의 균형을 깨는 것이 바로 생산과 소비의 중간에 위치한 '이윤'이다. 하지만 이 이윤을 적당하게 분배할 수 있다면 시장은 다시 균형을 잡을 수 있다. 한번 블록체인이 만들어 갈 근미래의 모습을 상상해 보자. 만약 구글이 자신에게 돈을 벌어다 주는 개인에게 그 이익을 제대로 분배해야 한다면? 유튜버가 되어 굳이 정보를 제공하지 않아도 나이, 성별, 위치 등 나의 소중한 개인 정보와 더불어 콘텐츠를 소비하는 취향에 대한 공개의 대가를 지불해야 한다면? 구글이 왜 그래야 하냐고? 구글은 나를 포함한 여러 개인의 소중한 개인 정보를 가공해 삼성이나 애플 같은 회사에 제공해 수익을 내기 때문이다. 삼성이나 애플은 자신이 애써 개발한 제품이 소비자로부터 외면당하지 않으려면 늘 촉

각을 곤두세우고 나를 포함한 많은 소비자들의 개인 정보
와 취향을 민감하게 살펴야 한다. 말로 설명하기 힘드니
한번 그림으로 표현해 보겠다.

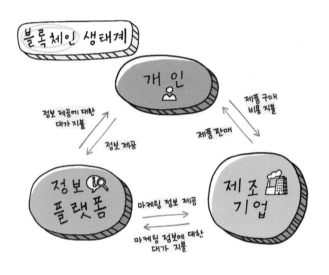

블록체인에 대한 견해는 여럿으로 갈린다. 주로 IT 종
사자 쪽에서는 별로 새로울 게 없는 기술이라며 시큰둥한
태도를 보이는 사람도 있고, 일각에서는 블록체인은 사
기라고 공격하기도 한다. 솔직히 난 블록체인이 사기여도
좋다는 입장이다. 사실 지금까지 인간이 믿고 따르던 것
중 사기가 아니었던 게 있었던가? 우리는 돌덩이에도 신
이 있다고 여겼던 호모 사피엔스의 후예다. 심지어 어렸
을 때 내 부모님은 내가 어디서 태어났냐는 곤란한 질문

에 청계천 다리 밑에서 주워 왔다고 사기를 치셨다. 그리고 난 청계천 다리 밑에서 팥죽 장사를 하고 있다는 친모를 찾기 위해 가출을 결심하기도 했었다. 인간은 동물적 본성을 이성으로 통제하기 시작한 바로 그 순간부터 사기를 쳐야 목숨을 부지할 수 있는 역설에 빠졌다. 사기를 통해 유지되고 있는 현실 세계에서 관계의 눈치를 안 보고 하고 싶은 말 다 하고 살면 사이코 취급을 받는다.

내가 블록체인이 사기여도 좋다고 생각하는 이유는 관계를 유지해 온 신뢰 기재가 모두 깨졌기 때문이다. 신은 중세에 이미 죽었고, 근대를 벗어나는 과정에서 영웅도 사라졌다. 선거를 통해 대표를 선출하기는 하지만, 정치인을 신뢰하는 바보는 없다. 사회가 복잡해지며 많은 전문가에게 신이나 영웅이 해 왔던 권한을 부여하고 책임을 떠넘기지만, 신이 아닌 인간 전문가들은 자기 밥그릇 챙기기에 여념이 없다. 만약 블록체인이 무너진 인간과 인간 사이의 신뢰를 회복할 수만 있다면 사기인들 어떻겠는가?

5부

슬기로운 백수 생활을 위한

백수 10계명

501

당당한 백수 생활 :
나의 비교 대상은 오직 나다!

우리는 지나치게 평등에 집착하는 경향이 있다. 태어나면서부터 우리는 평등을 강요받는다. 몸무게가 다른 아이와 평등해야 하고, 평등한 시기에 뒤집고, 기고, 걷지 않으면 부모의 걱정을 산다. 성적도 평등해야 하는데, 평등의 기준은 언제나 '엄친아'나 '엄친딸'이다. 어느 정도 머리가 굵어지고 나면 우리는 평등으로 인해 받았던 고통을 아이러니하게도 평등에 대한 주장을 통해 해소한다. 유전에 의해 결정된 키와 외모뿐만 아니라, 심지어 노력을 통해 얻은 능력까지도 나의 비교 대상인 다른 사람은 내가 가진 기준을 넘어서는 안 된다. 사막이 아름다운 건 그 어딘가 오아시스가 숨겨져 있기 때문이듯, 인간이 아름다울 수 있는 이유는 첫째, 완벽하지 않기 때문이고 둘째, 모두가 다르기 때문이다. 심지어 일란성 쌍둥이도 부모로부터 물려받은 재능이나 후천적 능력이 완벽하게 같지 않다. 나는 인간이 완벽하지 않다는 것에 가끔은 안도한다. 만약 인간이 완벽하다면, 그 완벽한 인간이 만든 세상이 현재 우리가 살고 있는 현실이라면, 그보다 더 끔찍한 일이 또 있을까? 예전에 정목 스님의 강의를 들었던 적이 있는데, 정목 스님은 우리를 불행하게 만드는 다섯 가지 중 하나가 바로 '비교하기'라고 이야기했다. 다른 사람과 나를 비교하는 행위는 다른 사람이 노력을 통해 얻은 결과를 노력도 하지 않고 빼앗고 싶어 하는 도둑놈 심보라는 것이다.

2014년인가? 은평구청 '어공'으로 있을 때, 명문대를 졸업하고 공무원이 된 친구와 같이 일할 기회가 있었다. 그 친구는 걸핏하면 공무원을 때려치우겠다고 해 나를 곤란하게 만들었다. "아니 넘들은 공무원 돼 보겠다고 그렇게 난리를 치는데……" 한번은 비가 추적추적 내리는 어느 날, 그 친구는 출근하자마자 대뜸 나한테 걸어오더니 사표를 내겠다고 말했다. 난 옥상으로 그를 데리고 가 왜 그런지 자초지종을 물었다. 그 친구는 자신은 나이가 어린 누구보다 관계를 풀어 가는 능력이 부족해 주변 사람들에게 폐만 끼치는 것 같다며 눈물에 콧물까지 쏟아 가며 울었다. 난 그 친구에게 이렇게 말했다.

"○○씨가 열심히 공부할 시간에 그 친구는 공부 대신 관계 능력을 키워 왔을 거야. 노력도 하지 않으면서, 나이가 들면 저절로 어떤 능력이 생길 거라고 기대하는 건 도둑놈 심보 아닐까? 스스로 관계 능력이 부족하다고 깨달았다는 건 좋은 거야. 내가 도와줄테니까 앞으로는 관계 능력을 키우기 위해 노력해 보는 건 어떨까?"

절대, 네버, 그 누구와도 비교는 금물이다! 산은 산이고, 물은 물이다. 그리고 백수는 백수다. 부러운 누군가와 나를 비교하는 건 일단 정신 건강에 해롭다. 뿐만 아니라 누군가는 피나는 노력을 통해 얻은 그 능력을 빼앗고 싶어 하는 도둑놈 심보다. 나보다 부족하다고 생각하는 사람과도 역시 비교는 금물이다. 자칫 오만에 빠질 수 있으며, 그 오만이 쌓이다 보면 인성이 더러워진다. 인간은 죽기 직전까지 과정을 사는 존재다. 그 소중한 과정을 남과 비교하며 불행해 하거나 우쭐해 하며 보낼 것인가?

내 비교 대상은 오직 나다. 어제의 나와 오늘의 나, 그리고 오늘의 나와 내일의 나를 비교하면 매일매일을 흥미진진하게 보낼 수 있다. 만약 누군가 자신이 내세우고 싶은 평등을 기준으로 백수인 나와 비교하려 든다면 당당하게 말하라! 난 어제보다 나은 오늘, 오늘보다 나은 내일을 살고 싶은 백수라고! 끊임없이 누군가와 비교하며 도둑놈 심보를 키우는 것보다는 차라리 백수가 낫다고…….

즐거운 백수 생활 :
지지자도 호지자도 아닌,
낙지자가 돼라!

知之者^{지지자}는 不如好之者^{불여호지자}요,

好之者^{호지자}는 不如樂之者^{불여낙지자}니라!

『논어^{論語}』「옹야편^{雍也篇}」에 나오는 공자님 말씀이다. 알기만 하는 사람은 좋아하는 사람만 못 하며, 좋아하는 사람은 즐기는 사람보다 못 하다는 뜻이다. 우리가 행복하지 않은 이유는 이 사회가 공자님 말씀과는 반대로 樂之者^{낙지자}는 不如好之者^{불여호지자}요, 好之者^{호지자}는 不如知之者^{불여지지자}인 사회이기 때문은 아닐까? 경쟁에서 이기기 위해 지지자들은 인생을 즐길 틈이 없으며, 좋아하는 일을 하는 건 누려서는 안 되는 사치다.

얼마 전 오랜만에 〈슬램덩크〉라는 만화를 다시 보는데

예전엔 그냥 흘려보냈던 한 장면이 내 생각을 붙잡았다. 주인공 강백호가 소속된 북산고가 지역 예선을 통과했는데, 본선 경기에 출전하려면 4과목 이상 낙제가 있으면 안 된다는 것이다. 이게 말이 되는가? 농구 선수가 농구만 잘하면 그만이지! 강백호를 비롯해 〈슬램덩크〉에 등장하는 주인공들은 프로 선수가 되기 위해 농구를 하는 지지자知之者들이 아니다. 농구의 재미에 푹욱 빠져있는 호지자好之者들이며, 그들은 모두 낙지자樂之者가 되기 위해 치열하게 경쟁한다.

대한민국은 엘리트의 나라다. 경제도 엘리트 자본인 대기업에 몰빵해 성장했다. 그리고 그 배경에는 전 세계에서 둘째가라면 서러워 할 엘리트 교육이 있었다. 죽기 살기로 달려드는 헝그리 정신이 있어야 체육 엘리트가 되어 올림픽에서 금메달을 딸 수 있다. 대중음악 분야에서는 기획사가 작정하고 달려들어 아이돌 엘리트를 프로그래밍한다. 저변이라고 하는 토대가 부실한 엘리트는 언제 무너질지 모르는 사상누각이다. 피겨 스케이팅으로 세계를 놀라게 한 김연아는 대한민국 피겨 제국에 나 홀로 여황이며, 2018년 평창 올림픽에서 '영미 신드롬'을 일으키며 컬링 은메달을 딴 대한민국의 컬링 선수들은 그들이 선수이자 곧 대한민국 컬링의 부실한 저변이다. 그런데 우리는 저변 없이 이루어 낸 성과를 성찰하기는커

녕 자랑스러운 민족성이 만들어 낸 쾌거라며 국뽕을 부추긴다. 그러면서 성공의 이면에 있는 고통과 눈물을 은폐한다. 그런 식으로 성공한 대표적인 국가가 바로 미국이다. 영국에서 독립한 미국은 '아메리칸 드림'을 앞세워 불과 200년 만에 세계 최강국이 되었다. 한 명의 성공한 지지자知之者를 내세워 다른 모든 사람들이 그 성공 신화에 취하게 만드는 것이다. 슈퍼맨과 배트맨에 어벤저스까지…… 왜 그렇게 미국산 영웅들이 많은지 이해가 되기도 한다. 제레미 리프킨은 『유러피안 드림』에서 "아메리칸 드림"은 이미 끝났다고 지적했다. 미국의 성공 신화를 따라 한 "코리안 드림"은 그 화려한 이면에 짙은 어둠이 드리워져 있으며, 미디어 자본은 오늘도 그 어두운 면을 은폐하기 위해 열일 중이다. 다른 건 몰라도 다른 사람에게 잘 보이기 위해 자신을 버리는 희생 정신 하나는 기네스상감이다. 한 사람이 성공해 대한민국을 빛낼 수 있다면 기꺼이 그 성공의 밑거름이 되기를 주저하지 않는다. 아니 사회적으로, 또 문화적으로 '강요' 당한다. 그러한 사회 속에서 호지자好之者나 낙지자樂之者가 존재할 리 없다. 역경을 딛고, 경쟁에서 승리해 스포트라이트를 받는 오직 한 명의 지지자知之者만 있을 뿐이다. 그렇게 비춰지는 영광의 스포트라이트가 가지고 있는 수명은 잠시 스쳐 가는 유행처럼 짧다. 영화, 〈라디오 스타〉는 한때 스포트라

이트를 받았던 스타가 조명이 꺼진 인생의 무대 위에서
어떻게 살아가는지를 보여 준다.

박민수^{안성기 분} : 곤아 저게 은하철도 999에서 마지막 종착역인
　안드로메다야. 이쁘지?
최곤^{박중훈 분} : 어디 봐 봐. 어 이쁘네.
박민수 : 근데 곤아 별은 말이야 혼자 빛나는 별은 없대. 다 빛을
　받아서 빛나는 거래.

　영화가 아닌 현실 속의 스타는 더 비참하다. 1990년 베
이징 아시안 게임에서 금메달을 딴 역도 스타 김병천은
2015년 춘천의 집에서 쓸쓸하게 죽어 갔다. 30세가 넘어
서까지 데뷔를 못 한 한 아이돌 연습생의 인터뷰는 호지
자^{好之者}와 낙지자^{樂之者} 없는 지지자^{知之者}의 허망함을 보여 준
다. 그러니 백수들이여, 지지자^{知之者}가 아닌, 그리고 호지
자^{好之者}를 뛰어넘는 낙지자^{樂之者}가 되시라! 하고 싶은 걸 할
수 있는 건 오직 백수의 특권이다. 백수는, 모두가 지지자
^{知之者}를 꿈꿀 때 사회가 보내는 비릿한 눈총을 참아가며
행복의 저변을 개척하는 낙지자^{樂之者}다!

503

일탈의 백수 생활 :
일상에서 벗어나라!

연암 박지원이 『양반전』으로 조선 시대를 풍자했듯, 우리가 살고 있는 신자유주의 코로나19 시대의 일상을 한번 백수의 눈으로 스케치해 보겠다. 과연 우리가 살고 있는 그 일상이 우리가 빠져 허우적거릴 만큼 가치가 있는 것인지…….

우리는 태어나자마자 모국어를 익히기도 전에 영어부터 배운다. 뭐 영어를 하는 게 무조건 나쁘다는 것은 아니지만, 언어는 사고의 스키마schema다. 인간이 태어나서 경험하고 느끼고 배우는 모든 것이 차곡차곡 뇌에 기록되어 가장 필요한 순간에 언어로, 행동으로 발휘된다. 우리가 무엇인가에 놀랄 때 '엄마'를 찾는 건 유전이 아니라 뇌에 새겨졌던 언어의 기억이 튀어나오는 것이다. 언어는 사고를 규정하고, 사고는 언어로 표현된다. 그러니까 더 영어를 배워야겠다고? 그럼, 그러시든가…….

유아기를 지나 본격적으로 아동기에 들어가면 우리는 연대와 협력이 아닌 경쟁을 시작한다. 인간은 존재 그 자체로 소중한 존재가 아니다. 경쟁에서 이겼을 때 비로소 인권을 갖게 된다. 즉, 우리는 인간으로 태어나서 평생을 인간이 되기 위해 경쟁한다. 〈살아남기 시리즈〉로 만화 불황기를 돌파한 후, 최근 웹툰 〈고수〉로 인기를 이어가고 있는 만화가 문정후의 데뷔작 〈용비불패〉에는 인간임을 증명하기 위해 싸우는 북방 기마 민족의 왕야와, 인간이 되기 위해 싸우는 주인공 용비가 등장한다. 최근 백수로 살다 보니 만화를 볼 여유가 부쩍 늘었다. 최근 푹 빠져 있는 만화, 〈진격의 거인〉에서는 주인공 앨런이 위대한 아이가 되었으면 좋겠다는 덕담에 앨런의 엄마는 이렇게 대답한다.

"난 그렇게 생각 안 해요. 적어도 이 아이는 위대하지 않아도 돼요. 남보다 뛰어나지 않아도 돼요. 이 얼굴을 보세요. 이렇게 귀엽잖아요. 그러니까 이 아이는 이미 위대해요. 이 세상에 태어난 것만으로도요."

- 〈진격의 거인〉, 18권, p.45

만화를 하찮게 여기지 마시라! 그 안에 우리가 놓치고 있는 진리가 있으니……. 경쟁에 내몰린 아이들은 중2가 되면 본격적으로 체제 저항에 돌입한다. 소위 북한의 김정은도 무서워한다는 '중2병'에 걸리는 것이다. 난 아이들이 앓고 있는 이 중2병이 아이들의 병이 아니라고 주장한다. 중2병은 이 사회의 병이고, 그 사회를 만든 기성세대가 걸린 사회 구조적인 정신병이다. 그럼에도 불구하고 우리들은 그 병을 우리 사회로부터 분리하여 아무 죄도 없는 아이들에게 일방적으로 전가한다. 어쩌면 우리가 가장 두려워해야 할 것은 중2병이 아니라, 무기력한 중2들에게 대한민국 사회의 구조적 모순을 전가하고 있는 우리들의 뻔뻔함일지도 모르겠다.

미성년에서 벗어나고 나면 우리는 고통스러운 일상을 벗어나는 것이 더욱 어려워진다. 일상에 익숙해진 관성의 가속도로 인해 우리는 어디로 향하는지도 모른 채 일단 못 먹어도 고를 외친다. 고액 연봉을 주는 대기업의 정규직이 되기 위해, 고급 승용차를 사기 위해, 더 나은 배우자와 결혼을 하기 위해, 안락한 아파트를 마련하기 위해 평생을 고통 속에서 살아간다. 그리고 그 불행을 입시 경쟁 교육이라는 시스템을 통해 다시 자식 세대에게 대물림한다. 이른바 고통스러운 일상이 반복되는 악순환의 수레바퀴에서 그 누구도 빠져나올 생각을 하지 않는다. 오히려 그 악순환에서 벗어나려고 하는 백수들에게 이 정도는 견뎌야 행복한 미래를 살 수 있다며 다시 돌아오라고 유혹한다.

적어도 내가 어렸을 땐 어른들이 결과와 더불어 과정의 중요성에 대해서도 이야기해 주었다. 하지만 지금은 과정 따윈 중요하지 않다. 얼마 전 나는 친구의 국회 의원 선거를 도운 적이 있다. 주변 사람들은 모두 나에게 무조건 이겨야 한다고 충고했다. 무조건 이기라고? 노무현 대통령이 무조건 이기기 위해 종로에서 부산으로 내려가 출마를 했었나? 뭐가 잘못돼도 크게 잘못되었다. 빨리 이러한 일상에서 탈출하지 않으면 안 된다. 그러다 보니 어쩔 수 없이 백수가 되었다. 훈수꾼의 눈에 장기나 바둑의 수가 더 잘 보이는 이유는 승패에서 벗어나 있기 때문이다. 일상에 깊이 빠져 있으면 빠져 있을수록 그 일상이 얼마나 고통스러운지 느낄 수 없다. 수단과 방법을 가리지 않고, 과정을 무시한 채 이룬 성공으로 인해 우리 사회의 고통은 더욱 단단하게 구조화된다. 오늘 불행을 견딘다고 내일 행복할 수 있다는 확신이 사라진 지 오래다. 차라리 오늘의 행복을 축적해 내일의 행복을 만들어 가는 것이 더 현명하다. 혹시 행복하길 원하는가? 그렇다면 하루라도 빨리 일상에서 벗어나라. 일상에서 벗어나 일탈을 해야 행복의 꼬리라도 잡을 수 있다.

504

당연한 백수 생활 : 백수의 시간은 돈이고, 몸은 자산이다

　"돈 놓고 돈 먹기"라는 말이 있다. 야바위꾼들이 사기로 돈을 벌기 위해 호객 행위를 하며 하는 말이다. 돈이 없으면 노동의 가치를 인정받지 못한다. 노동에 자본이라는 돈이 결합해야 비로소 노동을 통해 더 많은 돈을 벌 수 있다. 우리는 말 그대로 야바위가 판치는 사회에서 살고 있는 것이다. 이 야바위 사회에서 벗어나기 위해선 백수가 새로운 노동의 가치를 만들어 내지 않으면 안 된다. 백수에게 너무 무거운 짐을 지우는 것 같아 미안하다. 하지만 이 야바위 시대를 끝장낼 수 있는 힘은 영웅이 아니라 백수에게 있다. 코로나19가 터진 이후 비로소 그동안 미뤄 왔던 노동의 가치에 대한 성찰을 시작하게 된 것 같다. 돈 놓고 더 많은 돈 먹기를 해 온 은행 투자가는 없어도 사는

데 큰 지장이 없다는 것을 깨달은 것이다. 더 큰돈을 벌어 더 좋은 차, 더 좋은 집을 갖고 싶은 욕심에 지장을 줄지는 몰라도…….

명절 잔소리 메뉴판이라는 것이 있다. 명절 때 성적, 취업, 결혼 걱정을 하는 어른들을 위해 마련한 메뉴판이다. 성적을 걱정하는 어른은 5만 원을, 취업 걱정을 하는 어른은 15만 원을, 결혼을 걱정하는 어른은 20만 원을 내야 한다. 참으로 시의적절한 풍자에 많은 사람들이 무릎을 치며 공감했다. 메뉴판의 맨 마지막에는 "저의 걱정은 유료로 판매하고 있으니 구입 후 이용해 주시면 감사하겠습니다"라는 문구가 적혀 있다.[37]

전쟁과 민주화, 그리고 고성장 시대를 경험한 기성세대는 전혀 다른 문제로 고통받고 있는 청년 세대에 대해 공감하기가 쉽지 않을 것이다. 백수도 마찬가지다. 고성장 시대의 백수와 저성장 시대의 백수는 다르다. 일자리 자체가 없는 저성장 시대의 백수에게 고성장 시대의 백수에게 가졌던 인식 그대로를 투영하면 안 된다. 일자리가 없으면 창업을 하라고? 그건 말이 아니라 막걸리다.

근무 시간이 곧 월급으로 연결되는 직장인과 다르게 백수는 시간 그 자체가 돈이다. 만약 본의 아니게 돈으로 계량하기 쉽지 않은 백수의 시간을 빼앗았다면 술 아니면 밥이라도 사라! 그도 아니면 백수의 삶에 꼭 필요한 선물을 할 수도 있다. 정보 통신의 발달로 요즘은 굳이 만나지 않아도 온라인으로 전달할 수 있는 선물이 지천으로 널려 있다. 백수가 자신의 시간이 곧 돈이라는 사실을 깨달았으면 스스로도 그 시간을 귀히 여길 필요가 있다. 잠자는 시간은 얼마, 모바일로 웹툰이나 유튜브 시청을 하며 보내는 시간은 얼마, 아무것도 안 하고 멍 때리는 시간은 얼마인지 끊임없이 자신의 가치를 돈으로 환산해 계산해 보라. 나는 오늘 새벽 1시쯤 잠이 들어 아침 8시에 일어났다. 잠자는 시간은 건강을 위해 투자하고, 적당히 피로를 풀었으니 똔똔이다. 잠에서 일어난 후 아내와 딸에게 소중한 백수의 시간을 소비했으나, 그만큼 가족과의 친밀도가 올라갔으니 역시 똔똔이다. 가족과의 관계에선 적자만 안 보면 된다. 난 10시쯤 집에서 나와 지금까지 약 6시간 넘게 나중에 얼마로 되돌려 받을지 모르는 글쓰기 노동을 하며 나름 보람찬 하루를 보내고 있는 중이다.

얼마 전 허리가 아파 일주일간 병원에 입원했다. 코로나19가 지구를 멈춰 세웠다면 오랜만에 찾아온 허리 통증이 나를 주저앉힌 것이다. 쉬면 나을까 싶어 누워 있는데, 점점 심해진다. 백수가 아프면 더 서럽다. 심지어 직립 보행을 포기하고 싶을 정도다. 덕분에 신기한 경험을 하고 있다. 허리가 아파 이틀째 침대에 누워 있는데, 마치 침대가 내 몸과 일체화를 시도하고 있는 듯하다. 전에는 베개 위에 살포시 머리를 얹었다면, 지금은 베개가 내 머리를 빨아들이고 있는 것 같다. 몸도 어떻게든 침대와 접촉 면을 늘리려는 듯, 누군가 강하게 짓누르고 있는 느낌이다. 이러니 몸과 머리가 무거울 수밖에 없다. 백수에게 침대는 벗어나기 싫은 곳인지 모르지만, 환자에게 침대는 벗어나고 싶은 곳이다. 화장실을 가거나, 밥을 먹기 위해 침대에서 일어나려면 자세를 바꿀 때마다 나도 모르게 비명이 터져 나온다. 백수 탈출을 위한 '자기 계발'이 아니라, 백수의 새로운 가치를 증명하기 위한 '자기 인정'의 필요성을 주장하고 있는 필자지만 막상 아파보니, 건강을 유지하는 것이 가장 중요하다는 말에 이견이 있을 수 없다는 것을 깨달았다. 몸이 아프면 '돈 버는 일'만 못하는 게 아니라 백수의 특권인 '노는 일'도 제대로 할 수 없다. 그리고 백수가 아프면 비백수보다 더 치명적이다. 잊지 말자, 백수의 시간은 돈이고, 백수의 몸은 새로운 노동의 가치를 만들어 낼 자산이다. 그러니 백수들이여, 절대 아프지 마시라!

쓸모 있는 백수 생활 :
정보를 유통하는
정보 상인이 돼라!

우리가 살고 있는 21세기는 바야흐로 정보 범람의 시기다. 11세기 부르주아지가 십자군이 동양에서 약탈해 온 물자를 유통하면서 부를 축적했듯이, 범람하는 정보를 효율적으로 유통할 수 있는 역할은 오직 백수들의 몫이다. 입장이라는 일상에 갇혀 있는 비백수는 자신이 가지고 있는 기득권을 지키기 위해 정보를 유통하지 않고 오히려 소유한다. 예를 하나 들어보겠다. 한번은 학교 밖 청소년들을 대상으로 사업을 하고 있는 한 공공 기관에 운영 위원으로 위촉되어 회의에 참석한 적이 있다. 대부분의 공공 기관이 그렇듯 운영 위원 앞에서 자신들의 전문성과 그 노력을 한껏 뽐내고 싶었으리라. 자신들은 작년엔 몇 명의 학교 밖 아이들을 만났고, 올해에는 더 많은 학교 밖 아이들을 만나기 위해 다양한 사업을 계획하고 있다고 했다. 발표를 들으며 난 고개를 갸웃거렸다. 그리고 이렇게 질문했다.

"이 기관이 점점 더 발전하려면……. 우리나라의 청소년들은 계속 더 불행해져야 하나요?"

그 기관을 비난하고자 든 비유가 아니다. 그 기관의 대표는 매우 헌신적이며, 서울시에서 이동 쉼터를 위탁받은 그 기관 또한 누구보다 우리나라 청소년들의 인권을 위해 노력해 왔다는 것을 잘 알고 있다. 그저 한껏 복잡해진 사회 속에서 무엇을 향하고 있는지도 모른 채 그저 성실하게 이 사회의 구조적 모순을 심화시키고 있는 것은 아닌지 물은 것이다.

기득권을 위해 정보를 소유하는 대표적인 분야는 역시 정치다. 대한민국이라는 거대한 음모 집단의 내부 고발자, 윤태호 원작의 영화 〈내부자들〉을 보면 이런 장면이 나온다. 우장훈 검사^{조승우 분}는 미래자동차 비자금 사건을 조사하던 중 이 사건에 유력한 대선 주자인 장필우^{이경영 분}와 가장 영향력 있는 언론사 주간인 이강희^{백윤식 분}가 연루되어 있다는 사실을 알게 된다. 우장훈 검사는 이들에게 배신을 당한 조폭 안상구^{이병헌 분}가 비자금 증거를 가지

고 있음을 알게 되고, 폴리페서로 국회 의원이 된 대학 은
사를 찾아가 도움을 청한다.

우장훈 검사 : 교수님은 요즘 어떠십니까?

폴리페서 : 뭐가?

우장훈 검사 : 걱정이 좀 돼서요. 교수님 같으신 분이 이런 정치
　　판에 계신다는 게 좀…….

폴리페서 : 내가 처음 여의도에 들어올 때, 누군가 나한테 그러
　　더라구. 여당, 즉 집권당이 되는 거 외에 국회 의원이 정치적
　　으로 지향할 것은 없다. 정치란 큰 의미로 생존! 국가의 생존,
　　국민의 생존, 그리고 나의 생존이다. 하하…….

　　소위 정치라는 입장이 지향하는 바가 과연 국가와 국민
의 생존일까? 정치인에게 국가와 국민의 생존이 자신의
정치적 생존보다 더 중요할까? 물론 모든 정치인들이 다
그렇다는 말은 아니다. 하지만 적어도 아리스토텔레스가
정의한 "인간은 정치적 동물"이라는 문장 속에 포함되어
있는 '정치'의 개념과, 현재 전문 영역으로 분화되어 존재
하고 있는 '정치'의 개념이 같지 않다는 것 정도는 막연하
게나마 느낄 수 있다.

　　백수는 다양한 입장과 전문성으로 분화되어 있는 이 사
회를 횡적으로 연결할 수 있는 유일한 존재다. 중세 시대

에 농사를 짓는 농노나 농노를 지배해야 하는 영주나, 그 영주를 지켜야 하는 기사는 자신의 분명한 역할이 있었기에 물자를 유통하는 새로운 시대적 요구에 응답할 수 없었다. 그 일을 할 수 있는 건 특별한 역할이 부여되지 않은 부르주아지뿐이었다. 백수도 마찬가지다. 바야흐로 코로나19로 인해 기존의 질서에서 벗어난 새로운 표준을 찾는 뉴 노멀의 시대다. 부르주아지가 영지와 영지 사이를 오가며 물자를 유통해 중세의 질서를 조금씩 무너뜨려 결국 부르주아 혁명을 일으킨 것처럼, 백수도 다양한 영역 사이를 오가며 정보를 유통해야 한다. 새로운 질서, 뉴 노멀 시대는 기존 질서가 해체되는 과정에서 시작된다. 정보를 효율적으로 유통하는 역할은 백수에게 주어진 시대적 사명이다.

백수의 관계 생활 :
관계는 백수의 생명줄이다,
오지라퍼가 돼라!

관계는 우리에게 '힘'이 될까, 아니면 '짐'이 될까? 힘이
아니라 짐이 된다고 해도 그나마 다행이다. 지금은 관계
가 짐을 넘어 '죄'가 되는 시대다. 한번은 온라인 커뮤니티
에서 친목의 긍정성을 주장하다가 철퇴를 맞은 적이 있
다. 온라인 커뮤니티에서 왜 친목질을 하려고 하냐며 반
대 댓글이 줄줄이 달렸다. 온라인에서 친목을 도모하는
행위는 마치 도둑질처럼 친목 '질'로 인식이 된다. 친목이
뭐가 문제냐고 항변을 해 보았지만, 온라인 세대는 오프
라인 세대와 다른 관계의 문법을 가지고 있는 것 같았다.
아무리 친목이 긍정적인 100가지 결과를 만들어 낸다고
하더라도 친목 밖에 있는 누군가가 친목의 피해자가 된
다면 모든 친목은 싸잡아 '친목질'이 된다. 학창 시절 왕따

문화를 경험해 온 온라인 세대에게 잘못된 친목은 친목에서 배제된 누군가에게 단지 상처를 주는 것을 넘어 죽음으로 내몰 수도 있는 위험한 행위였을지 모른다. 나아가 온라인 세대의 눈에는 학연, 혈연, 지역이 범벅이 된 오프라인 세대의 그 구태의연함이 혐오스럽게 느껴졌을 수도 있다. 급기야 나는 내가 보지 못한 친목의 부정적 이면이 있음을 인정하며 커뮤니티에 공개 사과문을 올렸다.

꼰대는 옳고, 그름이 아니라 자신의 생각을 표현하고, 다른 사람의 생각을 수용하는 "태도의 차이"가 그 기준이 된다. 꼰대는 진보와 보수, 남성과 여성, 어른과 아이를 떠나 자신의 생각만 옳다고 주장하거나, 다른 생각을 수용하지 않는 사람을 말한다. 부도덕한 보수와 싸우는 과정에서 꼰대스러운 진보가 등장했고, 가부장제와 싸우는 과정에서 여성도 꼰대가 될 수 있으며, 나이를 권력처럼 휘둘러 온 어른들로부터 자신을 방어해 온 아이들도 자신의 생각과 다른 모든 것을 부정하는 이른바 어린 꼰대가 되어 가고 있는 것 같다. 중요한 것은 내가 현재 어떤 '생각'을 하고 있느냐가 아니라, 자신과 다른 생각을 대하는 '태도'다.

우리는 일상생활 속에서 다양한 관계가 연대와 협력이 아닌 경쟁과 갈등 그리고 권력 관계로 작동하는 모습을 접한다. 대표적인 것이 바로 신념과 실력 그리고 인맥의 역할 관계다. 우리는 신념이 곧 실력이던 시대를 살아왔다. 신념이 어떻게 현실 속에서 구현되는지보다, 어떤 신념을 가지고 있는지가 더 중요했다. 그러나 지금 우리는 그 어떤 신념도 다른 신념을 대체할 수 없는 불확실성 앞에 놓이게 되었다. 지금은 씨를 뿌리면 그것이 열매를 맺는 필연의 시대가 아니다. '노오력'이라는 필연이 성공이라는 결과로 이어지기 위해선 더 많은 우연에 기대를 걸어야 한다. 오죽하면 "운7복3"이라는 말이 나왔겠는가! 우리에게 익숙한 문화 콘텐츠에 비유를 하자면 신념은 기획이고, 실력은 제작이다. 그리고 문화 콘텐츠가 확산되는 채널인 매체는 인간 관계, 즉 인맥이다. 인맥을 부정적으로만 볼 이유는 없다. 인맥이 문제가 되는 것은 신념이나 실력과 무관하게 작동될 경우에 한한다. 신념만을 주장하는 사람은 꼰대고, 신념 없이 실력만 주장하는 사람은 영혼이 없는 기계와 같다. 그리고 인맥에 기대 모든 것을 해결하려고 하는 사람을 우리는 소위 전문 용어로 '양아치'라 부른다.

　백수에게 양아치가 되라고 주장하는 것이 아니다. 하지만 백수가 백수의 역할을 제대로 하기 위해선 백수의 신념과 실력을 제대로 발휘할 수 있는 관계, 즉 인맥이 필요하다. 독야청청 홀로 서서 아름다운 백수도 없지는 않겠지만, 백수는 다양한 관계 속에 있어야 진가를 발휘할 수 있다. 인간은 혼자 서 있을 수 없기에 한자로 사람 인人은 사람 둘이 서로 기대고 있는 모습을 형상화했다. 관계가 상처가 되고 생명을 위협했던 시대가 있었다고 하더라도 인간은 관계를 떠나 살 수 없다. 뜨거운 것은 뜨거운 것으로 다스려야 한다는 이열치열以熱治熱이라는 말이 있듯이 관계로 인해 생긴 상처는 관계로 풀어야 한다. 관계의 상처를 치유하는 백수의 오지랖은 관계를 더욱 부드럽게 하는 윤활유가 될 수 있다.

백수의 경제 생활 :
생존을 위한 노력을 최소화하라!

　일찍이 나보다 한발 빠르게 백수의 가치를 통찰한 분이
있으니, 『조선에서 백수로 살기』라는 책을 통해 백수의
관점으로 연암 박지원의 생애를 풀어낸 '본 투 비 백수',
고미숙이다. 고미숙은 『조선에서 백수로 살기』에서 한 달
에 70만 원만 있으면 백수로 자립이 가능하며 88만 원이
면 저축도 할 수 있다고 주장했다. 우리가 늘 가난한 이유
는 밥벌이랑 상관없는 소비 충동 때문이며, 일상적 상식
으로 수입이 없으면 소비가 줄어야 마땅한데 소비가 늘
수입을 앞질러 간다는 것이다. 연봉 5,000만 원을 받으면
소비는 연봉 1억에 맞춰진다며 가계 부채 상승률의 원인
을 과도한 소비 충동 때문이라고 지적했다.[38]

　당당한 백수로 살기 위해선 경제적 자립이 전제가 되

어야 한다. 경제적으로 누군가에게 의지하면서 살고 있는 백수도 있겠지만, 어쨌든 경제적 자립을 목표로 삼아야 한다. 고미숙의 지적처럼 소비 기대에 소득을 맞추기 위해 기를 쓰지 않는다면 자립은 크게 어려운 일이 아니다. 앞에서도 언급했듯 우리가 살고 있는 자본주의는 과잉 생산의 모순을 태생적으로 안고 있다. 비인격체인 자본은 인간의 행복이 아니라 이윤을 위해 작동한다. 자본주의에서 인간이 사는 것이 아니라. 자본이 자본주의에서 생존하기 위해 인간이 수단으로 존재하는 것이다.

과잉 생산의 모순을 해결하기 위해 시작된 것이 식민 지배를 통해 시장을 확대하는 제국주의이다. 그런데 식민지 개척을 하기 위해 항로를 개척하는 과정에서 투자의 개념이 등장해 일반화된 것이 바로 금융이다. 눈에 보이는 식민지를 비인간적으로 지배하는 것보다 우아하게 미래의 가치를 현재에 끌어다 쓰면 된다. 난 40대 초반에 7급으로 어공을 시작했다. 아무리 호봉이 적다고는 하지만 첫 월급을 받고 깜짝 놀랐다. 생각보다 공무원 월급이 많지 않았기 때문이다. 그런데 내가 알고 있는 한 7급 공무원은 여름 휴가 때 가족과 지중해를 다녀왔다고 했다. 안정된 고용을 담보로 대출을 받아서 다녀온 것이다. 50만 명이 공시를 준비하는 이유를 알 것도 같다. 보다 안정적인 빚쟁이로 살기 위해 우리나라에 공무원만한 직업이 또 어디 있겠는가!

 소비 충동은 개인의 문제가 아니라 자본주의라는 구조가 안고 있는 문제다. 생산과 혁신은 필요의 산물이 아니라 이윤의 욕구로 인해 시작된다. 그 누구도 스티브 잡스에게 아이폰을 만들어 달라고 요구한 적이 없다. 소비자가 요구하지 않은 물건을 생산하고 나면, 이제 생산자는 그 물건의 필요성을 증명해야 한다. 그 과정에서 등장해 성장한 것이 바로 광고 산업이다. 한때 우리나라에서 가장 잘 나가는 연예인은 아파트 광고에서 볼 수 있었다. 지금은 스마트폰 광고를 하는 모델이 가장 주목받는 연예인이라고 생각하면 된다. 광고는 대중들이 가장 동경하는 연예인을 내세워 대중들의 소비 욕구를 자극한다. 나도 아이폰을 쓰고 있지만, 애플은 자신의 탐욕을 가장 훌륭하게 혁신으로 포장한 기업이다. 우리가 그동안 얼마나 애플에게 돈을 갖다 바쳤는지를 확인하려면 2017년 완공된 약 71만㎡ 규모^{축구장 면적의 100배}에 도넛처럼 생긴 애플의 신사옥을 보면 된다. 공사비만 우리나라 돈으로 5조 원이 넘게 들었다.

 모두가 소비의 노예로 살고 있는 자본주의 사회에서 소비 충동에서 벗어날 수 있는 전지전능한 존재가 있으니 다름 아닌 백수다! 소비 충동을 해소하고 싶어도 할 돈이 없다. 피할 수 없다면 즐기라는 말이 있듯이, 소비 충동을 해소할 돈이 없다면 속 끓이지 말고 그냥 무시하자. 소비를 아예 하지 말라는 것이 아니라, 소비의 기준을 충동이 아닌 소득에 두라는 것이다. 소비 충동에서 벗어날 수만 있다면 자본주의의 노예에서 자유로운 백수로 살 수 있다.

508

느긋한 백수 생활 :
남이 1년 걸려 할 일을 10년에 해라!

"노나 공부하나 마찬가지다, 노나 공부하나 마찬가지다 아니다 노는 게 더 좋다. 오늘의 할 일은 내일로 미루고 내일의 할 일은 안 해 버린다!"

대학 신입생 때 선배들에게 배운 노래다. 힘든 경쟁을 뚫고 대학생이 되었다는 여유의 역설일까? 선배들은 술자리가 끝날 즈음 서로 어깨를 걸고 이 노래를 불렀다. 사실 내가 대학에 들어갔던 1988년만 해도 다른 사람과의 경쟁보다 나와의 싸움이 더 힘들었던 것 같다. 공부를 열심히 했는데도 대학에 떨어지는 경우는 많지 않았다. 대학에 떨어진 대부분은 남이 아니라 자신과의 싸움에서 졌기 때문이었다. 한번은 운전면허 시험을 보러 가는데, 어머니께서 이렇게 말씀하셨다.

"국민학교도 제대로 못 나온 아버지도 한 번에 붙었어. 필기 시험 떨어지면 집에 들어오지도 마!"

운전면허를 가진 사람들은 이구동성으로 필기시험은 시험 전날 문제집 한 번만 풀어도 붙을 수 있다고 이야기한다. 사실 그게 더 공포스럽다. 다른 사람은 다 붙는데, 나만 떨어지면 어떡하지? 하루 전날 문제집을 풀어 봤더니 모르는 문제가 태반이었다. 공포감은 현실로 다가왔다. 다행히 턱걸이로 붙긴 했지만 같이 시험 본 사람 중에 꽤 많은 사람이 떨어졌다. 대학도 그런 것 같다. 고등학생 중 30%가 갈 수 있을 땐 대학을 못 가는 것이 그렇게 부끄러운 일이 아니었다. 그런데 지금은 70%가 대학을 간다. 우리를 불행하게 만드는 건 어쩌면 '포기'할 수 없는 '기대' 때문인지도 모르겠다. 30%밖에 대학을 못 간다면 포기가 더 쉬울 수 있다. 하지만 70%가 대학을 간다면 포기보다 기대의 영역이 커질 수밖에 없다. 그런데 지금은 포기가 당연한 시대에 좁은 문을 향해 돌진하는 사람뿐이다.

돌이켜 생각해 보니 난 인생에 있어 여러 번의 변곡점

이 있었던 것 같다. 난 국민학교 때부터 형들을 따라 열심히 만화를 그렸다. 덕분에 중학교에 들어가서는 미술 선생님의 권유로 미술부가 되었다. 고등학교 1학년 때 친구가 레드 제플린^{Led Zeppelin}의 스테어웨이 투 헤븐^{Stairway to Heaven}을 기타로 연주하는 모습을 보고 기타를 배웠다. 미대는 집에서 학원비를 대 줄 여력이 없었기에 진작에 포기했고, 어설픈 기타 실력으로 막연하게 음대를 가고 싶었지만, 그때는 실용 음악을 가르치는 대학이 없었다. 할 수 없이 중·고등학교 때 백일장에서 상을 받았다는 이유로 대학은 국어국문과에 입학했다. 시간이 제법 지난 지금도 가끔 가까운 지인의 얼굴을 그려 주기도 하고, 꾸준히 연습해 온 기타로 소규모 대중 앞에서 공연을 하기도 한다. 그리고 늦은 나이에 공부가 하고 싶어 얼마 전 사회학 석사 학위를 받았다. 내가 본격적으로 글을 쓰기 시작한 건 2016년 티스토리에 블로그를 만들고 나서부터다. 처음엔 허전한 블로그를 보며 앞으로 블로그를 어떻게 채울지 막막했다. 매일매일 생각나는 대로 블로그에 글을 올렸다. 처음엔 글을 쓰는 게 익숙하지 않아 10줄을 넘기는 것도 쉽지 않았다. 지금은 지인들이 내 글이 너무 길다고 민원을 제기한다.

　보잘것없긴 하지만 내가 가진 재능 중 그 어떤 것도 하루아침에 얻은 것은 없다. 가끔은 보잘것없는 내 재능을 부러워하는 사람들도 있다. 그럴 때마다 난 이야기한다. 지금부터 하루에 매일 30분씩만 부러워하는 그 재능에 투자해 보시라고……. 난 그렇게 하지 못해, 10년이 걸리고, 20년이 걸리고, 30년이 걸려 얻은 재능이라고……. 농담이 아니다. 하루에 30분만 하루도 쉬지 않고, 그림을 그리거나, 기타를 치거나, 글을 쓸 수 있다면 1년 뒤, 5년 뒤, 10년 뒤에 다른 나를 만나게 될 것이다. 백수에게 시간은 돈이지만, 쓰고자 한다면 남아도는 게 또한 시간이다.

509

독특한 백수 생활 :
자신만의 길을 찾아라!

　일본은 지금까지 총 23명의 노벨상 수상자를 배출했다. 그 중에서도 가장 많은 7명이 교토대 출신이다. 교토대는 학풍이 자유분방하기로 유명한데, 세계 최고가 아니라 세계 유일을 지향하는 것이 노벨상 수상자를 많이 배출한 배경이라고 한다.

　일반적이지 않는 사람, 요컨대 '괴짜', '별종'은 사실 부정적인 의미로 쓰일 때가 많다. 하지만 교토대에서 '헨진變人 이상한 사람'이라는 말은 칭찬으로 통한다. 일본 매체 〈주간 포스트〉에 따르면, 실제로 교토대는 학생들에게 "괴짜가 세상을 바꾼다"며 장려하는 분위기다. 고정 관념에 얽매이지 않는 '괴짜'야말로 아무도 눈치 채지 못하는 진실에

도달할 수 있기 때문이다. 설령 실패를 반복해도 "어라, 그거 재미있겠는데?"라는 생각이 들면 교토대 측은 허용해 준다.[39)]

어느 시대나 주류와 비주류가 있다. 시대를 이끄는 것은 언제나 주류였다. 그러나 어떤 변화가 필요할 때 주류는 오히려 그 변화를 가로막는 강력한 힘이 되기도 한다. 교토대는 시의적절하게 비주류를 '허용'함으로써 일본에서 노벨상 최다 수상이라는 효과를 톡톡이 보고 있다. 백수는 이 시대에 주류로 살기를 포기한 비주류다. 만약 우리가 살고 있는 사회를 무수히 많은 톱니바퀴들의 집합에 비유한다면……. 그중에는 동력을 전달하는 톱니바퀴도 있을 것이고, 주위의 톱니바퀴가 돌 때 무작정 따라 도는 톱니바퀴도 있을 것이다. 어떤 톱니바퀴는 윤활유가 없어 빡빡하게 돌 수도 있고, 큰 톱니바퀴가 한 바퀴를 돌 때 수십 바퀴를 돌아야 하는 작은 톱니바퀴도 있을 것이다. 누군가는 동력이 전달되는 방향과는 반대로 힘을 써 보기도 하지만, 그럴 때마다 이미 구조화된 거대한 동력에 의해 톱니바퀴가 빠그러져 나가는 경험을 해 왔다. 누군가 만들어 낸 동력에 무작정 따라 움직여야 하는 것이 소위 주류라면, 백수는 그 동력에서 떨어져 나와 어설프지만 스스로 자신의 동력을 만들어 내기 위해 비주류의 길을

선택했다.

백수가 가지고 있는 힘은 어쩌면 저항보다 강력할지 모른다. 누군가에 강력하게 반대하는 것은 역설적으로 지지자들을 결집시키는 효과를 낳는다. 그 반대의 경우도 마찬가지다. 만약 성조기에 이스라엘 국기까지 등장한 태극기 집회를 반대하는 사람들이 강력한 반대 집회를 이어갔다면 어떤 결과를 낳았을까? 내가 대학생 때 데모를 하며 가장 무력감을 느꼈을 때는 교문 앞에 전경이 지키고 있을 때가 아니었다. 1993년 김영삼 정부의 정책에 반대하기 위해 스크럼을 짜고 교문으로 향했을 때 지키고 있는 전경들이 아무도 없었을 때였다.

오랜만에 구청에 떨궈 놓고 나온 후배에게 안부 전화를 걸었다. 채 안부를 물을 틈도 없이 후배는 대뜸 말단 9급부터 사무관인 5급 공무원까지 모두 리더십 교육을 받는 게 과연 맞는지 내 견해를 물었다. 왜 모든 사람이 다 리더가 되어야 하냐고, 모두가 리더면 배가 산으로 가지 않겠냐고……. 뼈를 때리는 말이다. 리더는 그저 한 사람이면 족하다. 리더라는 게 하나의 역할일 뿐인데, 우리는 그 리더를 무슨 권력으로 생각한다. 꼬리를 물고 이야기를 이어 가자면 뇌신경 심리학자이자 『승자의 뇌』의 저자인 이안 로버트슨Ian Robertson은 권력은 아무리 사소한 권력일지라도 뇌의 공감 능력을 쇠퇴시킨다는 사실을 과학적으로 밝혀냈다. 리더를 권력으로 생각하는 사람은 조직 구성원이 가지고 있는 다양성에 공감하지 못한다. 그렇기 때문에 권력형 리더의 구성원들은 리더가 가진 능력치를 벗어날 수 없다. 반면 다양성을 인정하는 공감형 리더는 리더의 역할에 다양한 구성원들의 가능성이 더해진다. 권력형 리더가 빅텐트라면, 공감형 리더는 플랫폼이라고 할 수 있다.

바야흐로 획일화된 리더십보다 다양한 구성원이 가지고 있는 가능성이 더 중요한 시대로 나아가고 있다. 백수도 이 사회의 구성원이고, 백수가 추구하는 비주류의 독특함은 백수만이 가지고 있는 경쟁력이다.

낭만적인 백수 생활 : 개멋부리고 사는 낭만 백수가 돼라!

난 아무리 바빠도 드라마 한 편씩은 꼭 챙겨 보는 편이다. 얼마 전 〈슬기로운 의사 생활〉을 보며 코로나19가 가져다준 일상의 폭폭함을 견뎠고, 그다음엔 〈사이코지만 괜찮아〉를 보며 사이코가 문제인지, 아니면 이 사회가 문제인지를 고민했다. 내가 드라마를 꼭 챙겨 보는 이유는 현재 방영되고 있는 가장 핫한 드라마를 소재로 누군가와 수다를 떨 수 있기 때문이기도 하지만, 드라마라고 하는 문화 콘텐츠가 현실의 과잉과 결핍을 잘 반영해 내기 때문이다. 지금까지 본 드라마 중 최애 드라마를 꼽자면 역시 〈낭만 닥터 김사부〉다. 시즌 1의 성공에 이어 얼마 전 시즌 2가 끝났고, 시즌 3까지 준비하고 있다니 김사부를 흠모하는 내 마음은 그저 개인의 취향만은 아닌 것 같다.

김사부 시즌 1에서 가장 기억나는 장면은 김사부에게 좋은 의사인지, 최고의 의사인지를 묻는 유연석의 질문에 환자가 원하는 건 좋은 의사도, 최고의 의사도 아닌 "필요한 의사"라고 대답하는 장면이다. 단지 좋은 사람이 되는 건 좀 막연하다. 그리고 최고가 된다는 것은 경쟁 시스템이 만들어 낸 허상일 뿐이다. 필요한 사람이 된다는 건 경쟁에서 비켜날 수도 있고, 삶의 선택지를 넓힐 수 있다는 측면에서도 매우 유용하다. 애매하게 좋은 사람이 되는 것도, 경쟁에 이겨 최고가 되는 것도 백수의 삶이 아니다. 그냥 누군가에게 필요한 낭만 백수로 살면 된다. 모두에게 적용되는 보편적 필요가 아니라, 다양한 사람에게, 다양한 상황에 맞는 다양한 필요를 제공하면 된다. 그 필요는 돈일 수도 있지만, 사소한 노동일 수도 있다. 그저 따뜻한 공감일 수도 있다.

김사부 시즌 2에서 가장 인상적이었던 장면은 양심과 욕심 사이의 경계를 확실하게 그어 준 김사부의 대사였다. 먹고살기 위해 어쩔 수 없이 대리 수술을 했다며 울부짖는 서우진의 선배 임현준에게 김사부는 그건 양심이 아니라 욕심이라며, 양심과 욕심을 착각하지 말라며, 일갈한다. 김사부의 말대로 우리는 양심과 욕심을 착각하며 살아온 것은 아닌지 의심해 볼 필요가 있다. 우리는 살면서 어쩔 수 없다는 말로 자신을 위로하며 욕심을 하나

씩 허용한다. 자신이 허용한 욕심에 익숙해지고 나면 어쩔 수 없이 허용했던 욕심은 이제 익숙한 일상이 된다. 처음엔 바늘 하나가 겨우 들락거렸던 욕심에 대한 허용의 크기는 시간이 지나면 황소가 들락거릴 정도로 넓어진다. 지키고 싶은 것이 많으면 어쩔 수 없이 무리를 할 수밖에 없는 경우가 자주 생긴다. 지키고 싶은 것이 없는 백수는 비백수에 비해 상대적으로 낭만을 유지하는 데 유리하다. 다음은 〈낭만 닥터 김사부 시즌〉 2의 엔딩 나레이션이다.

"낭만 보존의 법칙! 대부분의 사람들이 존재하는 걸 알면서도 존재하지 않는다고 믿는, 그러면서도 누군가는 꼭 지켜 줬으면 하는 아름다운 가치들……. 우리가 왜 사는지, 무엇 때문에 사는지에 대한 질문을 포기하지 마. 그 질문을 포기하는 순간 우리의 낭만도 끝이 나는 거다. 알았냐?"

김사부는 낭만을 전문 용어로 '개멋'이라고 정의했다. 당연하지 않은 게 당연한 사회에서는 그 당연함을 지키고 사는 게 개멋을 부리는 것처럼 아니꼽게 보일지도 모르겠다. 지나가는 길에 떨어진 쓰레기를 줍는 개멋, 버스나 지하철에서 노약자에게 자리를 양보해 주는 개멋 그리고 힘들어 하는 누군가에게 따뜻한 말 한마디를 건네는 개멋……. 백수라고 눈총을 받으며 살아온 날이 원, 투 데이

도 아니고……. 누가 뭐라고 하든 상관하지 말고 그냥 소소한 당연함을 지키며 낭만 백수로 사는 것도 나쁘지 않을 것 같다. 그래야 당연함이 당연하지 않음보다 더 당당해지지 않겠는가!

저서·논문

고미숙, 2018, 『조선에서 백수로 살기』, 한국경제신문 한경BP

김누리, 2020, 『우리의 불행은 당연하지 않습니다』, 해냄출판사

배진희, 2019, 『거꾸로 가는 쿠바는 행복하다』, 시대의창

성백용, 2005, "부르주아의 개념과 제도의 역사:중세에서 근대까지",
   한국프랑스사학회

오찬호, 2013, 『우리는 차별에 찬성합니다』, 개마고원

오찬호, 2018, 『결혼과 육아의 사회학』, 휴머니스트

임승수, 2011, 『청춘에게 딴짓을 권한다』, 위즈덤하우스

임홍택, 2018, 『90년생이 온다』, 웨일북

장근호, 2009, 『주요국 조세제도, 미국편Ⅰ』, 한국조세연구원

장대익 외, 2019, 『아이가 사라지는 세상』, 김영사

장하준, 2010, 『그들이 말하지 않는 23가지』, 김희정·안세민 역, 부키

전명산, 2019, 『블록체인, 정부를 혁신하다』, 클라우드나인

전상진, 2014, 『음모론의 시대』, 문학과지성사

전상진, 2018, 『세대게임』, 문학과지성사

정성훈, 2015, 『괴물과 함께 살기』, 미지북스

조정래, 2016, 『풀꽃도 꽃이다』, 해냄출판사

하 완, 2018, 『하마터면 열심히 살 뻔했다』, 웅진지식하우스

놈 촘스키, 2019, 『문명은 지금의 자본주의를 견뎌 낼 수 있을까』, 강
   주현 역, 열린책들

대니얼 골먼, 2006, 『SQ 사회지능』, 장석훈 역, 웅진지식하우스

로버트 프랭크, 2018, 『실력과 노력으로 성공했다는 당신에게』, 정태
    영 역, 글항아리

로버트 하일브로너·윌리엄 밀버그, 『자본주의 어디로 와서 어디로
    가는가』, 홍기빈 역, 미지북스

론다 번, 2007, 『시크릿』, 김해온 역, 살림Biz

마하트마 간디, 2011, 『마을이 세계를 구한다』, 김태언 역, 녹색평론사

바버라 에런라이크, 2011, 『긍정의 배신』, 전미영 역, 부키

스티븐 J, 맥나미·로터트 K, 밀러 주니어, 2015, 『능력주의는 허구다』,
    김현정 역, 사이

유발 하라리, 2015, 『사피엔스』, 조현욱 역, 김영사

유발 하라리, 2017, 『호모 데우스』, 김명주 역, 김영사

유발 하라리, 2018, 『21세기를 위한 21가지 제언』, 전병근 역, 김영사

이안 로버트슨, 2013, 『승자의 뇌』, 이경식 역, 알에이치코리아

제러미 리프킨, 2005, 『유러피언 드림』, 이원기 역, 민음사

조엘 오스틴, 2005 『긍정의 힘』, 정성묵 역, 두란노

토드 로즈, 2018, 『평균의 종말』, 정미나 역, 21세기북스

파울 페르하에허, 2015, 『우리는 어떻게 괴물이 되어 가는가』, 장혜경
    역, 반비

후루이치 노리토시, 2014, 『절망의 나라에서 생복한 젊은이들』, 이언
    숙 역, 오찬호 해제, 민음사

웹툰·만화

〈고수〉 문정후, 네이버웹툰

〈나노 리스트〉 민송아, 네이버웹툰

〈미생〉 윤태호, 다음웹툰

〈슬램덩크〉 이노우에 타케히코, 대원씨아이

〈아르미안의 네 딸들〉 신일숙, 거북이북스

〈유미의 세포들〉 이동건, 네이버웹툰

〈진격의 거인〉 이사유마 하지메, 학산문화사

영화·드라마 / 연대순

〈라디오 스타〉 2006, 이준익

〈더 테러 라이브〉 2013, 김병우

〈내부자들〉 2015, 우민호

〈아빠는 딸〉 2015, 김형협

〈인턴〉 2015, 낸시 마이어스

〈킹스맨 : 시크릿 에이전트〉 2015, 매튜 본

〈낭만 닥터 김 사부〉 2016, 유인식

〈빅쇼트〉 2016, 애덤 맥케이

〈국가부도의 날〉 2018, 최국희

〈미션 임파서블 : 폴아웃〉 2018, 크리스포퍼 맥쿼리

〈82년생 김지영〉 2019, 김도영

〈기생충〉 2019, 봉준호

〈어벤저스 : 엔드게임〉 2019, 앤서니 루소·조 루소

〈조커〉 2019, 토드 필립스

〈나의 마더〉 2019, 그랜트 스푸토레

〈그녀 안드로이드〉 2019, Andrey Dzhunkovskiy

1) 토드 로즈, 2018, 『평균의 종말』, 정미나 역, 21세기북스 [p28]

2) 임현석, 2020, "대졸 신입사원 평균 나이는 30대… "IMF때 보다 6세 많아져", 「동아일보」, (4/22), <https://www.donga.com/news/Economy/article/all/20200422/100768127/1> [p29]

3) 제레미 리프킨, 2020, "7인의 석학에게 미래를 묻다", 「경향신문」, (5/14) [p39]

4) 김민정, 2016, ""학교 꼭 다녀야 하나요", 13세 소년 유쾌한 고졸 검정고시 도전", 「한국일보」, (8/3) [p41]

5) 이율, 2019, "비정규직 748만명·임금근로자의 36%…비중 12년만에 최고(종합)", 「연합뉴스」, (10/19), <https://www.yna.co.kr/view/AKR20191029089451002> [p43]

6) 2019, "최저임금 올라도 자영업 늘어 '통계 착시'…부동산임대업이 53%", 「동아일보」, (8/4), <https://www.donga.com/news/Economy/article/all/20190804/96818758/1> [p43]

7) 2018년 e-나라지표, <http://www.index.go.kr/potal/main/EachDtlPageDetail.do?idx_cd=1597> [p43]

8) 임지연, 2019/8/29, "대학생 수 지속적 하락세…외국인 유학생 수 16만 명대 진입", 「e-대학저널」, <https://www.dhnews.co.kr/news/articleView.html?idxno=110440> [p43]

9) 채희태, 2019, "미안하다1", <https://brunch.co.kr/@back2analog/89> [p62]

10) pre-, peri-, post-는 주로 의학 분야에서 사용하는 용어로 증상에 대한 처방 이전, 치료를 위한 처방의 과정, 처방 이후를 구분할 때 사용하는 접두어다, 지금 인류의 경제, 문화 전반을 흔들어대고 있는 코로나도 본질적으로는 바이러스에 의한 질병이므로 이러한 접두어의 사용이 매우 적절해 보인다, 출처 : Science Direct, <https://www.sciencedirect.com/science/article/abs/pii/S1368837519300399> [p69]

11) 김광일, 2018, "하마터면 열심히 살 뻔했다"니, 「조선일보」, (11/6), <https://news.chosun.com/site/data/html_dir/2018/11/06/2018110602739.html> [p80]

12) 6.안전한 물, 7.클린 에너지, 9.환경 친화적 산업, 12.음식물 쓰레기 및 폐기물 감소 노력, 13.기후 변화 대응, 14.해양 자원 보존, 15.육상 생태계 보호 [p93]

13) 로버트 L, 하일브로너·윌리엄 밀버그, 2010, 『자본주의: 어디로 와서 어디로 가는가』, 홍기빈 역, 미지북스 [p102]

14) 고현실, 2017, "데이터가 곧 자산… 1초에 56만GB 생성", 「연합뉴스」, (7/15) [p105]

15) 1장 "백수의 종류 3 : 주부도 백수일까?", 참조 [p110]

16) 고미숙, 2018, 『조선에서 백수로 살기』, 한국경제신문 한경BP [p114]

17) "스와라지와 스와데시", 『대교학습백과』, <http://dlegongbuwarac.

edupia.com/xmlPrint.aspx?did=56650> [p129]

18) 네이버 웹툰에서 다음 연재를 미리 보려면 '쿠키'를 구입해야 한다. [p136]

19) 후루이치 노리토시, 2014, 『절망의 나라에서 행복한 젊은이들』, 이언숙 역, 오찬호 해제, 민음사 [p142]

20) 오찬호가 쓴 『절망의 나라에서 행복한 젊은이들』 해제 중 [p143]

21) 대니얼 골먼, 2006, 『SQ 사회지능』, 장석훈 역, 웅진지식하우스 [p146]

22) 유발 하라리, 2020, "7인의 석학에게 미래를 묻다", 「경향신문」, (6/25) [p154]

23) 역사적으로 토머스 홉스, 윌리엄 페티, 존 로크 등을 비롯한 많은 학자들이 노동에 의한 가치의 규정을 논의했지만 이론적 체계를 갖춘 노동가치론은 애덤 스미스가 처음으로 제시했다, 애덤 스미스가 제시한 노동가치론은 마르크스가 비판적으로 계승하면서 오로지 인간의 노동만이 새로운 가치를 창출하며 따라서 유일한 이윤의 원천이라고 주장했다. [p168]

24) "왜 아이디어는 샤워장에서 떠오를까?", <https://koreameme. wordpress.com/2014/02/09/1-11/> [p172]

25) 박찬형, 2015, "IMF "부의 '낙수 효과' 틀린 논리… 내려가지 않는다", 「KBS뉴스」, (6/16) [p201]

26) 장하준, 2020, "7인의 석학에게 미래를 묻다", 「경향신문」, (5/7) [p204]

27) 이청안, 2020, "결말을 몰라야만 재미있을 거라는 확신 : 우리 인생

은", <https://brunch.co.kr/@baby/57> [p206]

28) 신일숙의 만화 『아르미안의 네 딸들』 전편에 등장하는 문구 [p207]

29) 이환주, 2019, "역대 정부 주요 부동산대책 집값 잡기 해법은?", 파이낸셜뉴스, (12/18), <https://www.fnnews.com/news/2019121618 20458737> [p210]

30) 원톄쥔, 2020, "7인의 석학에게 미래를 묻다", 「경향신문」, (6/11) [p211]

31) 위키백과 "뉴딜" <https://ko.wikipedia.org/wiki/%EB%89%B4% EB%94%9C> [p213]

32) 원문(Teaching American History 홈페이지) <https:// teachingamericanhistory.org/library/document/acceptance- speech-at-the-democratic-convention-1932/>Throughout the Nation, men and women, forgotten in the political philosophy of the Government of the last years, look to us here for guidance and for more equitable opportunity to share in the distribution of national wealth, ⋯ I pledge you, I pledge myself, to a new deal for the American people, Let us all here assembled constitute ourselves prophets of a new order of competence and of courage, This is more than a political campaign; it is a call to arms [p213]

33) 글로벌세계대백과사전/미국의 공황 대책 [p213]

34) 장근호, 2009, "주요국 조세제도, 미국편 I ", 한국조세연구원 [p215]

35) 장하준, 2010, 『그들이 말하지 않는 23가지』, 안세민 역, 부키 [p217]

36) 서정윤, 2020, "국내서도 대중화 바람 '전자증명', 무엇이 달라질까", 『WIRED Korea』, (1/29), <https://www.wired.kr/news/articleView.html?idxno=966> [p222]

37) 임명수, 2018, "'취업' 15만원, '결혼' 30만원…', 잔소리메뉴판, 명절덕담 가격은", 「중앙일보」, (9/23), <https://news.joins.com/article/22996304> [p243]

38) 고미숙, 2018, 『조선에서 백수로 살기』, 한국경제신문 한경BP [p254]

39) 강윤화, 2019, "노벨상 다수 배출 비결? 교토대 '괴짜' 교수들의 별난 연구", 「일요신문」, (6/17)<http://ilyo.co.kr/?ac=article_view&entry_id=337148> [p263]

네 번째 스무 살을 맞이한 장년 백수 최호진

우선 깜짝했다. 백수의 정의를 학문화하는 그 자체가 의아스럽고도 놀라웠다. 누구도 범접 못 할 이론으로 백수의 종류와 노동의 가치를 파헤친 저자의 뛰어난 두뇌를 어찌 분석해야 할지……. 길고 길었던 경제 활동을 마치고, 진작부터 백수의 자리를 차지하고 있던 입장에서 다양하게 펼쳐 내고 있는 논리를 따라가는 것이 버겁기도 했지만, 한편으론 그런 논리를 펼쳐 낼 수 있는 싱싱한 젊음이 부러웠다. 장년 백수의 입장에서 추천사를 써 달라는 부탁을 받았을 때는 부담스러웠지만, 80세 노인을 장년으로 취급해 주는 것도 고맙고 독자보다 먼저 책을 읽으며 과로에 시달릴지언정 현역 백수로 살아야겠다는 용기를 얻을 수 있어 더 고마웠다.

코로나 시대의 강사 백수 박재원 사람과교육연구소 부모연구소장

백수가 주는 최고의 선물!

백수로 시작해 이렇게 많은 이야기를 하다니! 우선 백수이기에, 상황의 압력에서 벗어나야 비로소 가능한 자유분방함이 질서를 잡아, 그 결과 사유의 폭과 깊이가 느껴져 좋았다. 경험하지 않으면 배움도 없다고 믿지만, 저자의 표현력 덕분인지 백수의 이야기가 간접 경험 이상이라 여겨져 유익했다. 추천사를 위한 읽기는 대부분 속독인데, 읽으면서 오래 머문 대목들이 적지 않았다. 자기 세계의 확장이 아니라 다른 세계와 충돌하는 느낌이 자주 들었던 것 같다.

백수가 꿈인 사람, 계속 백수 하고 싶은 사람, 백수 그만하고 싶은 사람, 마지막으로 백수가 궁금한 사람들이 많다면 이 책은 베스트셀러가 될 것이다. 그래서 걱정이다. 오래 백수로 살아야 더 행복하고 건강할 텐데……. 백수가 주는 최고의 선물, 무조건 받아라!

은퇴 백수 이명묵 사회복지책마을 이장

두껍지 않은 이 책의 가성비는 연비나 출력보다는 핸들링에 있다. 백수의 시간이 누구에게는 흑역사이고 누구에게는 '비로소'의 시간일 것이다. 각자의 처지에 따라 누군가는 안정되고 보수 좋은 최고의 일자리를 찾고, 누군가는 자신을 필요로 하는 자기 자리를 찾을 것이다. 그래서 오늘의 생계가 고통스런 백수에게는 내일 출근이 간절하고, 내일의 존재가 갈급한 백수는 오늘의 자아가 고민일 것이다.

백수 소재의 이전 책들 주제는 대개 '백수 탈출'이었다. 이 책도 마지막 5부는 그것으로 마침표를 찍지만, 기존 시스템에 자신을 맞춤형으로 연마하고 좁은 문으로 들어가는 기술을 이야기하지 않는 것이 한편 비현실적이고 한편 현실적이다.

이 책을 백수와 백수를 곁에 둔 이들에게 권한다. 당신의 가치를 높일 수 있는 친구의 목소리가 들릴 것이다.

육아 휴직 중인 주부 백수 조성익 금천구청 공무원

"주부도 백수일까?"라는 일화에 소개된 육아 휴직한 아빠로서 감개
가 무량합니다. 본업이 있어 "백수로서의 자격"이 미흡한 제가 추천
사를 남기는 것이 합당한 일인지 걱정도 앞서지만, 아빠로서 육아 휴
직을 하면서 겪고 느낀 '집안일'에 대한 소중함을 백수의 범주에서
가치 있는 '일'로 재해석해 주신 작가님의 통찰에 감동했습니다.

육아 휴직을 하여 집안을 돌보니, 정말 집안일이라는 것이 끝이
없다는 사실을 새삼 알았습니다. '그동안 나는 맞벌이 남편으로 집안
일도 나름 열심히 해 왔어.'라고 자부했던 생각은 휴직 사흘 만에 산
산조각 났습니다. 우리네 어머니나 아내는 생각보다 훨씬 더 많은 집
안일을 해 왔던 겁니다. 그렇지만 그 일을 너무 쉽고 가벼이 여겼던
것입니다. 그런데 육아 휴직을 해 보니, "가치 있는 백수"로서 가정주
부의 존엄을 알게 됐습니다.

전 인류의 어머니와 아내, 딸들께 감사하는 마음으로 작가님의 소
중한 생각을 널리 추천합니다. 모두가 바쁘게 뛰어가려고만 할 때
"그 속도를 늦추기 위해서라도 잠시 쉬어 갈" 여유를 남겨 줄 꼭 "필
요한 백수"를 꿈꿔 봤으면 합니다.

학자 백수 오수길 고려 사이버대 교수

대화할 때의 아이디어가 글로 바뀌면 약간은 경직되기 마련인데, 달
필에 다필이라 그런지, 아니면 백수 상태로 늘 상상력을 키우고 있

어서인지 은하철도 999며, 영웅문이며, 하완이며, 헌법이며, 장하준이며, 김 사부며……. 함께 나누었던 즐거운 이야기들이 글의 형태로 전혀 어색하지 않게 담겨 있어 놀랐다.

개인적으로 대학 후배이기도 한 채희태 작가는 백수를 주제이자 소재로 삼아 지금까지 우리들이 굳게 믿어 온 상식에 대한 도발을 시도한다. 시민 혁명을 통해 자본주의의 주역으로 떠오른 부르주아지가 십자군이 약탈한 동방의 물자를 유통했던 중세의 백수였다면, 책이며 영화나 드라마 몇 편을 10여 분 만에 요약해 주는 유튜버들은 정보를 유통하는 이 시대의 선지자적 백수라고 주장한다. 나아가 안중근 의사나 윤봉길 의사 같은 독립운동가는 일제 강점기에서 벗어나기 위해 저항했던 백수였으며, AI가 인간의 일자리를 빼앗아 갈 거라는 걱정 대신 노동의 새로운 가치를 창조해 내고 있는 백수들의 가능성에 기대를 걸어야 한다고 주장한다. 추천사를 쓰기 위해 책을 읽으며 슘페터가 이야기한 "창조적 파괴"라는 단어가 내내 머릿속을 맴돌았다.

간다르바 백수 이지상 가수 겸 작곡가

효율성 중심의 사회다. 태생부터 이 사회에 속한 모든 인간들은 '효율'하기 위한 의무를 부여받는다. 아기는 귀여워야 하고, 어린이는 씩씩해야 하며, 학생은 학업에 정진해야 하고, 성인은 돈을 벌어야 한다. 효율성을 전제로 하는 생산 행위에 어긋나는 모든 것들은 쓸데

없는 '일'로 치부된다. 산책이나 사색, 공상空想이나 계획이 없는 여행은 물론 돈 버는 것이 아닌 모든 일이 여기에 속한다. 다 백수들의 전문 분야다. 저자의 백수를 매개로한 사회학적 통찰은 상상 그 이상이다. 백수가 인류를 변화시킨 주역이었고 또한 미래 세대의 주역이라는 백수 예찬을 고급진 막말을 동원하며 풍자적으로 풀어낸다. 놀고 먹었던 선배들의 공功을 치하하고, 놀고먹을 후배들의 불안감을 다독인다. 생산하기 위해서가 아니라 유희遊戱하기 위해 사는 게 인생이라고 여기는 이라면 이 책을 싸 들고 다니면서 읽어야 한다. 품위 있는 백수가 될 것이다. 노나 일하나 마찬가지라면 노는 게 더 좋다. 개멋부리는 낭만 백수를 꿈꾸지 않는다면 무엇을 꿈꿀 것인가?

졸업 논문 핑계로 책만 읽고 있는 7개월 차 백수 조현진

백수 7개월 차의 내가 가장 공감했던 건 이 책의 제목이다. 평범하고 안정적인 임노동자로 살던 시절이라면 절대 알지 못했을 "백수가 과로에 시달리는 이유"를 지금 너무 잘 경험하고 있기 때문이다. 백수가 된 이후 캘린더 앱과 노션을 이용해서 하루-일주일-한 달의 계획과 일정, 일과를 열심히 정리한다. 그러지 않으면 하루하루 가졌던 삶의 목표와 성과를 확인할 길이 없기 때문이다. 매달 들어오는 월급이 증명해 주던 삶은 이제 사라졌다. 스스로 계획하고 기록하지 않으면 백수 시절은 그저 하얗게 불타고 만다. 그래서 백수는 임노동자일 때보다 스스로를 더 몰아붙인다. 이 책은 돈 버는 일을 할 때보다 돈

쓰는 일밖에 없는 지금 더 피곤해진 백수들의 일을 재정의한다. 일하지 않고 돈 벌지 않는 죄책감으로 과로에 시달리는 백수들에게 주어진 시간을 얼마나 여유롭게 또 창발적으로 사용할 수 있도록 우리 사회의 지지가 필요한지, 그랬을 때 어떤 결과로 이어질 수 있는지 역사와 문화, 사회 현상 속 백수를 통해 재해석한다. 코로나19로 더 높아진 취업 문턱, 기술 혁명으로 더욱 격차가 커지는 일자리 변화의 중심에 선 우리에게 백수는 또 다른 기회가 될 수 있다고 저자는 말한다. 백수는 그저 잉여 인간일 뿐인가? 잉여를 얻기 시작하면서 인류는 전과 다른 발전과 성장을 해 왔다. 이처럼 백수들이 만들어 내는 하루하루의 축적과 연결이 우리 삶을 더 지속가능하게 만들어 줄지도 모른다. 앞으로 얼마간 백수 생활을 더 이어갈지는 알 수 없다. 그러나 결말을 모르기에 과정은 더 재밌는 법. 이 지난하고도 달콤한 백수 생활을 이 책과 함께 또 다른 백수들과 나누고 싶다.

코로나19 시대 연구 백수 권기태 사회혁신연구소 소장

백수의 사회학? 슬기로운 백수 생활? 이거 뭐지?

그러나 통쾌했다. 몇 줄기 안도감도 생겼다. 반전이라는 것이 바로 이런 것이구나. 백수의 정의와 기준부터 슬기로운 백수 생활 10계명까지 거침없는 명쾌함의 연속이었다. 이런 것이 혁신의 산물이 아닐까? 세계 경제부터 문학 이론, 인간 관계, 엔터테인먼트까지 백수의 세계가 펼쳐졌다. 백수 생활의 자부심과 즐거움이 어느새 나의 한 켠

을 차지하고 있는 것을 알게 됐다. 코로나 블루가 퍼지는 시대에 보험을 든 것처럼 든든하다. 이 책을 읽었을 뿐인데 말이다. 내 둘째 아이가 중학생이다. 코로나19로 툭하면 재택하는 아빠에게 "아빠는 백수지?"라며 해맑게 때로는 놀리듯이 얘기한다. 이제는 그 아이에게 회심의 반격을 할 기회가 왔다. 씩~ 웃어 주면서 "너 백수가 얼마나 중요한 사람들인지 알아? 이 세상은 백수들이 만들어 왔어! 이 책 봐바!" 이러면 끝이다. 생각만 해도 즐겁다. 이 책을 코로나19로 우울하고 불안하고 울화통이 터지는 모든 이들에게도 적극 추천한다. 큰 위안을 얻고 희망을 갖게 된다.

낭만 백수와 친해지고 싶은 반<s>쪽</s>백수 김정인 _{춘천교대 사회과교육과 교수}

백수의 삶에는 철학이 있다?! 백수란 정치적, 경제적, 사회적, 그리고 무엇보다 문화적 존재다! 이 책은 거리에서 옆 사람과 어깨를 부딪혀도 당연한 듯 미안하다는 말 없이 지나치는 숨가쁜 세상에 백수의 머리와 마음, 그리고 눈과 입을 통해 쉼의 의미를 되짚고 있다. 코로나 시대를 지나고 있는 우리에게 '백수'라는 단어 자체가 가슴을 턱 누르는 듯한 압박감을 느끼게 한다. 먹고 살기 위해 돈벌이를 해야 하나 일거리가 없어 방콕하는 백수들이, 셔터 내린 가게 앞에 붙은 "영업 종료 지금까지 감사했습니다"라고 쓴 종이가 늘어나는 만큼 많아지고 있기 때문이다. 누군가에게 물었다. "코로나19 이후 세상과 삶은 달라질까요?" 답도 의문형으로 돌아왔다. "다른 삶을 꿈꾸고 사람들과 더불어 그런 세상을 만들려는 노력을 하는 이들이 없으니, 그냥 본래대로 돌아가겠죠?" 바로 이 책은 우리에게는 이제 다르고도 새로운 삶과 세상을 꿈꾸고 또한 이루기 위한 숨 고르기가 필요하다는 '진리'를 백수라는 프리즘을 통해 이야기하고 있다. 그런 의미에서 백수는 우리에게 필요충분조건이다!

백수 시절이 그리운 청년 비백수 김지은 전 은평구청 청소년참여위원장

채희태 작가님을 처음 만난 건 2011년, 고등학교 1학년 때였다. 작가님은 당시 은평구청 정책보좌관이셨고, 난 청소년참여위원으로 활동 중이었다. 작가님은 여느 어른들처럼 학생들에게 툭툭 반말을 던지거나, 나이가 어리다고 무시하는 분이 아니셨다. 오히려 기성세대로서 학생들에게 미안하다며 눈도 못 마주치시고, 깍듯하게 존대를 해 주셨다. 그랬던 분이 어느 날 과로에 시달리는 백수로 살고 있다며 뜬금없이 책의 추천사를 부탁하셔서 놀랐다.

글을 읽는 내내 자의 반, 타의 반으로 백수가 되었다가 코로나19까지 만나 6개월을 놀았던 때가 떠올랐다. 그때의 나는 돈을 주지 않아도 좋으니 일을 시켜 줬으면 좋겠다고 생각할 정도로 '나'라는 존재의 가치를 증명해 보이고 싶었다. 물론 다시 일을 시작하면서 그때 더 미친 듯이 놀지 않았던 것을 후회하고 있지만……. 생각해 보면 우리는 존재만으로 가치 있음을 주입(?) 당하면서도, 동시에 끊임없이 남들보다 더 가치 있음을 증명해야 하는 삶을 살아가고 있는 것 같다.

그렇기에 더욱 눈치 보는 백수로 살게 되는 게 아닐까?

개인적으로는 독립의 꿈이나 금전이 드는 취미 생활을 위해서라도 오래 백수여서는 안 되고, 일하는 것 자체를 좋아하기도 해서 "백수의 가치"에 공감하면서도 또다시 백수가 된다면 불안해 할 것 같다. 그럼에도 혹시 백수로 허송세월을 하고 있다거나, 불안감에 하루하루가 캄캄하다면 『백수가 과로에 시달리는 이유』를 읽어 보길 추천한다. 희망찬 미래를 보진 못하더라도 백수인 '나'의 가치를 일깨워 위안과 심적 여유를 얻을 수 있을 것이다.

파산 백수 이건범 한글문화연대 대표, 작가

백수 혁명, 착함에 대한 끝없는 믿음

아무런 명함 없이 2년을 백수로 지낸 적이 있다, 창업한 지 11년 만에 회사 문을 닫고 모든 걸 다 날린 빈털터리로. 당시 내게 남은 건 마지막까지 나와 함께 회사 정리를 해 주었던 직원들의 마음뿐이었다. 그들은 바탕이 너무나도 착한 사람들이었고, 그 가운데에서도 채희태 작가는 으뜸 축이었다. 백수 혁명을 외치는 그는 백수에 대한 세상의 눈길 이전에 스스로 백수에 대한 편견과 싸운다. 2년 백수 생활에서 내가 부끄러이 여겼거나 기죽어 지낸 상황을 그는 180도 다른 시선으로 뒤엎어 버린다. 부끄러움 대신 당당함으로, 남의 눈이 아닌 나의 눈으로 내 삶을 보도록 속삭이다 웅변하다 어느 순간엔 그마저 욕심이라고 편하게 내려놓는다. 하지만 이 책을 읽고 어쩔 도리 없이 그에게 '감염'된 백수라면, 아니 비백수일지라도 세상을 어떻게 혁명해야 할지 하나의 빛줄기는 잡을 것이다. 신자유주의 무한 경쟁이 생활 문화로 자리 잡은 이 시대에 남과 비교하지 않고 능력주의에 사로잡히지 않으면서 행복해질 수 있는 삶의 원리 같은 것……. 그것은 사람의 착함에 대한 그의 믿음 덕이리라. 그 믿음을 저자는 주책이다 싶을 정도로 발랄하게, 꼰대 같지 않게 전한다. 『백수가 과로에 시달리는 이유』는 마음 편한 내일을 열어 주는 책이다.